U0153773

凝煉知識品味閱讀

林明鋒★編繪

五南圖書出版公司 印行

作者簡介

林明鋒

專職漫畫家，擅長歷史人物繪圖，百分百的「三國控」，對三國歷史和人物性格相當著迷，多次繪著成書籍出版，腦海裡裝的是三國，心裡想的是三國，筆下化成文字是三國，揮灑成圖像的也是三國！三國裡的人物可以是英雄式的演出，可以是耍智謀的出招，也可以笑中帶淚的飆戲……這就是他眼中的三國魅力！

代表作品：《蜀雲藏龍記》、《雲州大儒俠》、《洪蝠齊天》、《笑三國》

得獎紀錄：

一九九二年東立出版社漫畫新人獎、一九九五年（84年度）國立編譯館優良漫畫獎：甲類佳作（蜀雲藏龍記的第三部）、二〇〇一年（90年度）國立編譯館優良漫畫獎：甲類佳作（雲州大儒俠史豔文），作品收藏在雲林偶戲博物館。

推荐序

那些狠角色們……

《三國演義》的作者羅貫中在這部大書的開場中，說出了一句透視中國歷史的話：「天下大勢，合久必分，分久必合。」此言之所以顛撲不破，其間最主要的原因在於中國社會對「人才」的渴求。每到政治瀕臨崩解的危急存亡之秋，總有非常之人挺身而出，以捨我其誰的精神撥亂反治。所謂「江山代有才人出」，短短一段不滿百年的三國時期，秀異人才輩出！諸葛亮、龐統在未出仕之前，已經名動天下！而曹操也對劉備直言：「天下英雄，唯使君與操耳。」

在三國分疆的時代，得人者昌。而這些一時之選的人傑，總是在不斷地對立衝突的軍事與外交情勢之下，彼此激發出了充滿智慧的韜略，諸葛亮曾讚賞曹操善用奇兵突襲，他打仗是以智取，諸葛亮本人則更是當世奇才！孔明之用兵，止如山，進退如風。這些互相敵對的人才，也都是可敬的對手！同時也在千百年以下讀者的心目中，留下了許許多多深刻雋永、幽默風趣的精彩片段。

《三國笑史》系列就是在這樣的基礎上，進一步揉合了經典文學與爆笑漫畫，那些充滿知性又兼具趣味的對白，再加上KUSO的繽紛插圖，使得沙場上馳騁驍勇的戰將們，個個轉身成為口語化的性格主角，將讀者帶進了輕鬆易懂的故事情境。從白馬將軍公孫瓚、聯軍盟主袁紹、一代影后貂蟬、賣鞋郎劉備……等等輪番上陣的三國名人背後，透視古人的文武裝扮、生活用品、科學技術，甚至於戀愛美學。我們在漫畫家林明鋒的筆下，穿越時空，一睹當時最夯的武器、最酷的盔甲、最賣的暢銷書、最拉風的跑車……。原來閱讀古典文學是這麼令人興奮的一件事！

理解三國時期各種人物的性格與命運時，同時也是一場非常有趣的心智冒險經歷！熱愛三國故事的人們絕不會忘了那些悲劇性的時刻：董卓殺少帝、屠百姓、盜墓燒城，喪心病狂！他死後屍體被用來燃燈照明，其棺木又遭雷電劈打！而袁紹在當上盟主之後，自大疑心、輕信讒言，與自家人爭奪不休，最後竟落得吐血身亡！老來出運的賣鞋郎劉備，為了替關羽和張飛報仇，竟一時之間感情用事，傾全國之兵討伐東吳，不僅血海深仇未報，反而被陸遜一把順風火，燒得全軍大敗！這都是我們現代人可引為警惕的事。

然而當我們想要融入這些具體情境的時候，地理方位和空間概念的建構，又成為我們最初的課題。這個部分《三國笑史》以生動有趣的漫畫，連環組成了一系列簡潔清晰的漫畫式地圖，讓我們毫無障礙地穿越時空回到古戰場，具體感受這些叱吒風雲的狠角色們，如何在幽州、冀州、并州、青州、徐州……之間，笑傲沙場，轉戰千里。

走過一段風雲變幻的歷史歲月，遙想當年那些蓋世英雄，每一個人都有屬於他自己的豪情壯舉，關公斬華雄、顏良，誅文醜，過五關斬六將，單刀赴會，水淹七軍……，卻也躲不過天生性格的弱點，麥城一敗，喪失了性命和自尊，歸根結柢還在於過度的自信與自矜。而周瑜的抗壓性弱，張飛的猛暴與固執，呂布善變，袁紹多疑，曹操輕敵……，閱讀這些精彩故事的時候，腦海中自然浮現出一幕幕生動的畫面和深刻的意象，那將使我們在經典中逐漸的潛移默化，知所警惕。於是我們將逐漸開啓智慧、激發腦力和創意，以吸取古人生命的熱力來點亮自己未來無限的光輝。

朱嘉雯

二〇一四年十二月十四日

烏桓
鮮卑
老爹死後，我繼位當上魏王，接著逼漢獻帝禪讓退位，建立魏國後登基爲皇帝。
黃河
渤海
魏
匈奴
曹丕
東海
街亭
五丈原
長安
洛陽
漢中
襄陽
建業
蜀軍進攻路線
白帝城
彝陵
江陵
東吳軍
長江
成都
赤壁
彝陵之戰
吳
蜀
孫權
三國鼎立的時代，我是最晚稱帝，壽命最長的君主。
夷洲
南蠻
山越
南海
朱崖洲

三國鼎立地圖

西域都護府
氐羌
孔明
我的生命終結在五丈原。
劉備
我當上皇帝後，一心要爲死去的關羽和張飛報仇，於是傾盡全國戰力，兵伐東吳，沒想到竟在彝陵之戰中慘敗，氣死我了！
司馬炎
司馬家一步步地掌控魏國軍政大權，我繼位當上晉王後，逼皇帝禪位，滅了魏國，成爲晉朝的開國皇帝。經過一番努力，吞併蜀國，最後收復吳國，統一天下。
司馬懿
我小心翼翼地服侍梟雄曹操，直到他死後，才敢大展身手，爲子孫奪取帝位作準備。

三國人物點名

魏延

投降的武將，孔明覺得他後腦勺長了突骨，是謀反的骨相，下令推出去斬首，因劉備反對才留下來效命。魏延與孔明遠征南蠻、參加北伐，攻打曹魏，孔明死後，他起兵造反。

呂範

東吳的謀士，奉命當月下老人，撮合劉備和孫權的妹妹結婚。雖然這樁「聯姻政策」變調，但是呂範依然受到倚重，死後，孫權爲他舉行喪禮，追贈大司馬的官印。

孫乾

劉備的幕僚，遇事沉著冷靜。當呂範過江來說媒後，他在孔明的指示下，過江提親。等確定後，又與趙子龍、五百名士兵陪同劉備去江東結婚。後來，又護送劉備和孫夫人回劉郎浦。

喬國老

人稱「橋公」，是江東美人大喬、小喬的父親，孫權、周瑜的岳父，身分地位高。史上，雖然劉備眞的與孫權聯姻，卻沒有喬國老爲新人搭起友誼橋樑的記載。

吳國太

虛構人物，小說裡是孫堅的二夫人，元配吳夫人的妹妹，孫尚香的親生母親。史上，孫堅並沒有納妾，吳夫人也沒有妹妹。然而，吳國太在羅貫中筆下搖身成了女強人，是令人印象深刻的角色。

孫尚香

在史上屬成謎的人物，《三國演義》裡的身分是孫權的妹妹，叫孫仁，也就是孫尚香。她個性剛毅，行事像男子漢，婚後，與劉備強行離開江東，過了幾年又獨自返回。在小說的安排下，她聽到劉備病死，傷心地跳江自殺。

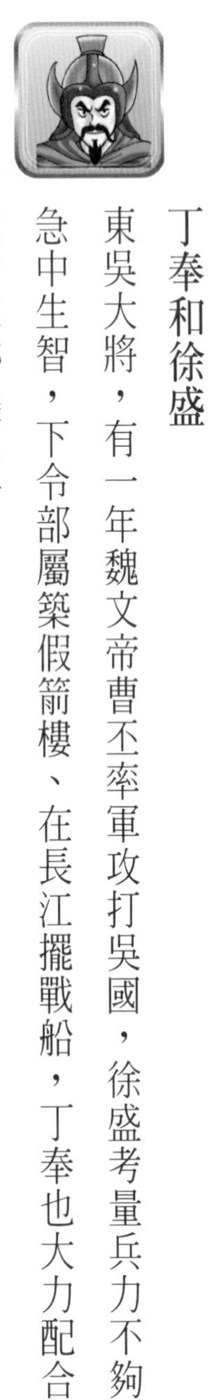

丁奉和徐盛

東吳大將，有一年魏文帝曹丕率軍攻打吳國，徐盛考量兵力不夠，急中生智，下令部屬築假箭樓、在長江擺戰船，丁奉也大力配合，成功地嚇退曹軍。

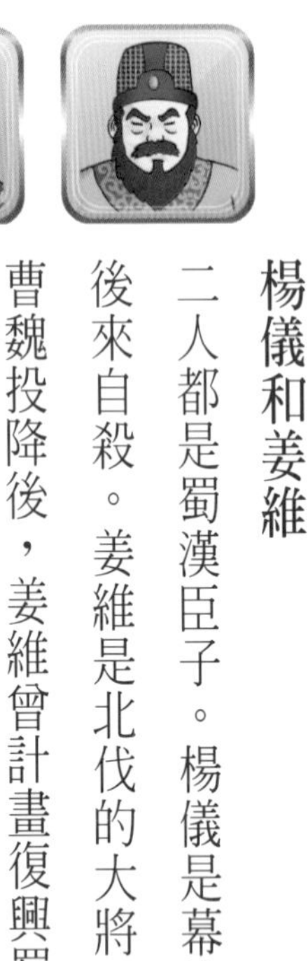

楊儀和姜維

二人都是蜀漢臣子。楊儀是幕僚，因抱怨劉禪昏庸，以致遭流放，後來自殺。姜維是北伐的大將，孔明臨終前傳授兵法給他。劉禪向曹魏投降後，姜維曾計畫復興蜀國，卻失敗戰死。

范疆和張達

張飛的屬下，因爲犯了小錯，慘遭張飛毒打而懷恨在心，半夜趁張飛喝醉，合力殺死他，割下腦袋，夜奔東吳。孫權怕被波及，遣送他們回蜀漢，二人被處死。

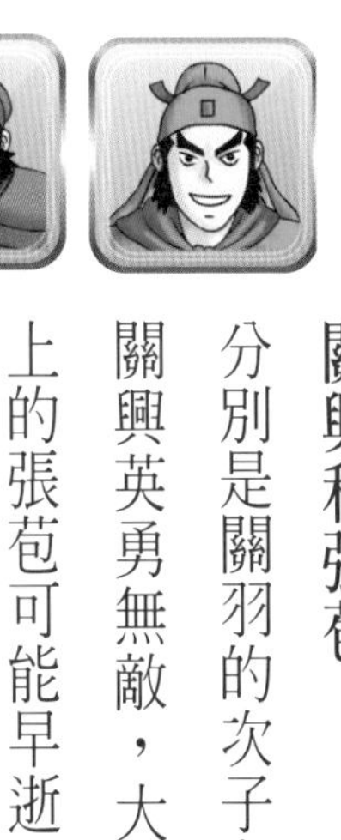

關興和張苞

分別是關羽的次子和張飛的長子，結拜爲義兄弟，跟隨劉備伐東吳。關興英勇無敵，大敗敵將，奪回當年先父被強占的青龍偃月刀。史上的張苞可能早逝，所以沒有繼承西鄉侯爵位，與小說的描述不同。

韓當

東吳大將，擅長射弓箭、騎馬術。曹操率領兵馬攻打江東時，很多大臣部將都主張投降，韓當卻獨排眾議，主張要迎戰。他曾經追隨大將呂蒙攻打荊州，合力擊敗關羽。

呂蒙

早年是個肚子沒墨水的草包大將，對讀書沒有興趣，後來在孫權的鼓勵下，發憤苦讀，逐漸熟悉兵法。他面對魯肅的讚美時，表示「男子漢三天不見，就應該讓人刮目相看」，這句話就是「刮目相看」成語的由來。

陸遜

書生型武將，孫策的女婿。他本來默默無聞，因爲向呂蒙獻計，以致關羽敗走麥城而聲名大噪，成了江東紅人；後來又以火攻擊敗劉備。陸遜在晚年時因爲捲入太子孫和、魯王孫霸爭奪繼承權之爭，惹來責難，以致被氣死。

司馬炎

司馬昭的長子，作風強硬，野心如狼似虎，父親死後，繼承晉王王位。他逼迫魏元帝禪位，當上皇帝，史稱晉武帝，後南滅東吳。司馬炎爲了鞏固政權，大封五十七個王侯，授予兵權和封地，導致「八王之亂」。

目錄

哈哈，我終於一統天下了！

三國笑史

1 孔明劉備唱雙簧

魏延開城門向關羽投降，劉備接到消息後，立刻前往長沙郡安撫百姓。
劉備愛才，親自到老將黃忠家拜會，黃忠感動，誠心投降。
魏延自以為獻城立了大功，等著劉備封賞。
孔明卻出乎意料說……
魏延殺主求榮，此風不可長，拉出去砍了！
啊！為什麼？
此人天生反骨，謀反成習，先殺了，以絕後患。

算了吧！這犯胃炎的好歹立了功，就饒他一命。

主公求情，我才饒你。今後你要盡忠報答主公，若讓我看出你有異心，定斬不饒。
退下！
魏延像乖狗般夾著尾巴，退出大廳，不敢再討賞。
是是，一定忠心，一定忠心……。

我扮黑臉，讓主公當好人救了魏延，希望他能因感恩而效忠你。

嘻嘻嘻。
我最樂的是，你替我省下要給犯胃炎的大筆立功獎金。

粉墨登場　反骨相的魏延

守長沙的武將，關羽攻打時，他殺死太守韓玄，開城門投降。雖然受到劉備賞識，孔明卻認爲他有謀反的骨相，應立即斬首。劉備不聽勸，留他在軍隊效命，幾年後命魏延任漢中太守，又派他與孔明遠征南蠻、參與（ㄩˋ）北伐，攻打曹魏。魏延果然非忠心耿耿的人，北伐時與孔明起了衝突，孔明去世後，他因爲爭取兵符被拒，起兵反叛，被蜀將馬岱殺死。

語文學堂

- 反骨：謀反的骨相。
- 黑臉：代指粗魯凶惡的人。

三國故事開麥拉

關羽率兵進入長沙城，安撫百姓後，去求見黃忠，但對方藉口生病不見客。此時，劉備和孔明也帶領人馬來長沙接應，途中才知道關羽獲捷的消息。

劉備耳聞黃忠的事，親自拜訪，盛情地請他加入。黃忠十分感動，答應效命，並推荐侄子劉磐，一起守長沙。

「主公，這次倘若沒有魏延相挺，取長沙不會這麼順利。」關羽見黃忠投降，極力推荐當初開城門的魏延。不料孔明認爲魏延將來會造反，不能留下禍根。

劉備擔心殺了魏延，會讓投降的部將起反心，請孔明刀下留情。孔明因主公求情，才饒了魏延，再三叮嚀他不能起異心。

劉備眼見武陵、長沙、桂陽、零陵四郡已平定，才安心地班師回荊州。

穿越時空

孔明也怕「反骨」？

《三國演義》裡孔明初次見到投降的武將魏延，就沒有給他好臉色，斷定這個人後腦勺長了突骨，是謀反的骨相，喝令刀斧手拖下去砍了。

這段情節並非史實，倒是正史上記載曹操認爲大將司馬懿有「狼顧之相」，也就是人的肩膀、身體不動，頭和頸子能左右轉動一百八十度。傳聞有這種異像的人，像狼一樣狡猾、貪婪。羅貫中移花接木，主角、配角換成孔明和魏延。

孔明死後，魏延與大將楊儀互看不順眼，起了叛心，後來被殺死。魏延的造反應驗了孔明當初看相的說詞，好像眞的有那麼一回事。

小說的劇情精彩，卻也因羅貫中的緣故，讓孔明和魏延吃了啞巴虧，千年來無處伸冤。

三國笑史

2 劉備借荊州

劉備南征四郡，將油江口改稱為公安，班師回襄陽城。從此，劉備陣營錢糧廣盛，人才濟濟，兵強馬壯。
我現在感覺走路有風。
沒過多久，傳來劉琦的死訊。
嗚嗚嗚，可憐的劉琦公子。
真是可惜，年紀輕輕就死了！
劉琦死了，東吳必定又會派人來討荊州。
果然，魯肅來了。
我們之前約定，劉琦公子昇天，就把荊州還給東吳，不知你們何時可以辦理交割事宜？
劉備聽魯肅要討荊州，哭得淒慘。
我是不是聽錯了？
我主公乃是當今皇叔，竟然被人逼得沒有立足之地。這漢室江山，到底是姓劉還是姓孫？
我也沒辦法，不討回荊州，我無法交代啊！
我倒有個主意，雙方簽訂契約，荊州暫借我主公。
等我們取了西川，有了立足之地，荊州再還給東吳。
魯肅拿著簽訂的契約去見周瑜。
柴桑
子敬，你真糊塗，簽這契約等同廢紙。
若劉備十年不去取西川，荊州豈不是十年不還？
周瑜傷勢未癒，決定重出江湖，智鬥孔明。
你是個老好人，鬥不過孔明和劉備這兩個奸詐之徒。
我想劉皇叔和孔明不會騙我的。
看來還是需要我親自出馬。

粉墨登場　大丈夫太史慈

身高一八三公分的帥氣神箭手，早年與小霸王孫策對打，後來效命麾（ㄏㄨㄟ）下，繼而成為孫權的愛將。小說裡，描述他為了援救孫權，派部將戈定混入合淝，打算在夜晚放火，趁機劫營。不料曹營大將張遼將計就計，大開城門，太史慈不知有埋伏，被亂箭射中，傷重死了。其實太史慈於赤壁之戰前，因生病而死，與小說的情節差很大。

我的遺言挺長，大丈夫生於亂世，應當佩帶三尺寶劍，上戰場立大功，如今還未實現志願，無奈卻快死了，嗚乎哀哉！

語文學堂

- 人才濟濟：形容有才能的人很多。濟濟：音ㄐㄧˇ ㄐㄧˇ，形容眾多。
- 立足之地：站腳的地方。比喻安身過日子的地方。

三國故事開麥拉

孫權北攻合淝，卻打輸張遼，連愛將太史慈也在箭雨中身受中傷，回營後因傷勢過重死了。孫權在損兵折將下，懊惱地收兵回江東。

劉備找孔明商量軍情，卻聽說劉琦病死。他哭得如淚人兒，在孔明的建議下，派關羽去協助處理喪事。

「劉琦死了，孫權一定會派人來討荊州，怎麼辦？」劉備很憂心。

「主公，別著急，我自有應付的說詞。」孔明淡定地打包票。

半個月後，魯肅來吊孝，事後開口要討還荊州，結果被半哄半騙地簽下借荊州的文書。魯肅返回江東後，先去探望養病中的周瑜，並拿文書給他看。周瑜說他被那二人騙了，等孫權怪罪下來，一定吃不了兜著走。

柴桑養病
高級別墅

你簽下這種喪權辱國的契約，等著人頭落地吧！
救救我，讓我也來這裡養病啦！

穿越時空

劉備借荊州——有借無還

我們諷刺別人借了東西，賴皮不歸還，常以一句俏皮的歇後語來比喻：「劉備借荊州——有借無還」。

然而，眞的能不還嗎？劉備的實力與孫權相比，猶如天壤之別，小說把劉備寫得很厲害，孫權吃了啞巴虧，正史的記載卻讓「劉備粉絲」失望透頂！

當年周瑜病死，斷了孫權二分天下的美夢，他像失去了一隻手臂，無力保有江陵這塊寶地，乾脆做個順水人情，「借」給劉備，一來讓對方的軍隊擴展到長江，能牽制曹操軍；二來孫權也不算吃虧，劉備讓出桂陽郡，將長沙部分區域劃分出來，孫權得以在當地設立漢昌郡。「劉備借荊州——有借無還」，當然不可能！

當年我沒有那麼軟弱，平白借荊州給劉備，你一定要在《三國笑史》裡爲我說清楚，講明白。
千年公案還拿來炒新聞，別理他。

三國笑史

3 政治婚姻牽紅線

劉備事業順利卻接連喪妻，糜夫人與甘夫人相繼歸天，劉備難免感到失落。
沒想到，東吳派呂範當起牽姻緣線的月下老人。
呂範
聽聞皇叔喪偶，我特來作媒。

我兩位夫人屍骨未寒，怎麼好急著再議親事？
男人豈可無妻？何況劉禪公子年幼，也需要有人照顧教養。

我家主公有個妹妹，美麗賢慧。
皇叔若能過江成親，兩家聯姻，共結秦晉之好，這樣曹操必定不敢再興兵來犯。

我考慮考慮。

呂範走後，孔明從屏風後現身說……
這是周瑜設下的詭計。
既然如此，我打算回絕這門親事。

不！主公大可過江提親，包管你平安娶得美人歸。

粉墨登場　月下老人呂範

早年是孫策的謀士，後來協助他脫離袁術的控制。孫策病死後，呂範爲孫權效命，曾奉命撮合劉備和孫權的妹妹結婚。不料，這樁「假聯姻，奪荊州」的計畫變調，平白讓劉備撈到好處。呂範死後，孫權親自舉行喪禮，追贈大司馬。

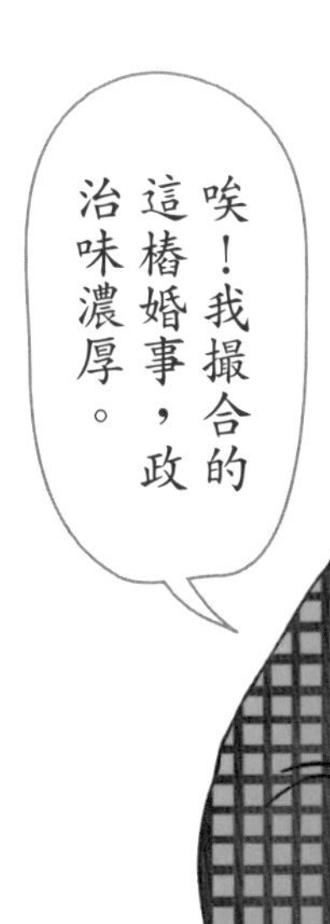

語文學堂

- 歸天：婉辭，去世。也說撒手歸天。
- 秦晉之好：稱兩姓聯姻。秦晉：春秋時代秦晉兩國世代聯姻，後來用「秦晉」指兩姓之間的婚姻。
- 包管：保證。

三國故事開麥拉

老實的魯肅因爲簽下「喪權租賃合約」，怕腦袋搬家，求周瑜救命。周瑜也很惱，他讓魯肅留下來住幾天，並派人過江去打聽。

周瑜正一籌莫展時，傳來甘夫人病死了，劉備很沮喪。「太好了！老天爺有意助我。」周瑜說服孫權爲妹妹招婿，騙劉備率人過江後再軟禁。這樣一來，奪回荊州就猶如探囊取物。

周瑜寫了密信，交代魯肅帶給孫權。本來孫權見了借荊州的文件，老大不高興，怪魯肅糊塗。後來看了周瑜的書信，頻頻點頭，即刻派謀士呂範前去說媒。

呂範來到荊州，秉著「媒人嘴胡累累」的本色，賣力鼓吹劉備再娶。本來劉備一再推辭，經孔明指點後，才同意這樁老少配聯姻。

吳侯的小妹是江東之花，美貌天仙。
哇，這麼萌！有沒有用美編軟體修圖啊？
我們還要女方小時候的畫像，證明她沒有整型。
好大膽！敢懷疑我的美貌。

穿越時空

月下老人牽紅線的故事

唐朝有個書生叫韋固，長大成人後，遲遲沒有適合的結婚對象。有一天他來到外地，日落黃昏，不方便趕路，想找間客棧過夜。韋固在街道上走呀走，來到一家客棧，見門口坐個白髮老人，身上斜背著布袋，就著月光認眞地翻閱一本書。

韋固上前問老人在看什麼書？老人表示在看男女的婚書，誰天生一對就用紅繩繫緊雙方的腳，將來二人會成爲夫妻。

月下老人還說，附近有個賣菜的阿婆，她懷裡的三歲小女孩就是韋固將來的妻子。「胡說八道！」韋固不相信，找人刺傷那個小女孩，破壞姻緣。想不到十四年後，他娶的妻子額頭有道傷疤，一問才知妻子就是當年那個小女孩。

後來，那家客棧被稱爲「定婚店」，那個爲天下男女繫紅線的老人叫「月下老人」。

找到了！你未來的老婆今年才三歲，愛流鼻涕、愛吃糖葫蘆、愛哭、愛睡覺……小名叫……阿醜。

老伯，你眼花了，阿醜是我的老婆。
嘿嘿！還好搞錯了。

三國笑史

4 劉備提親娶美人

三國時報

大叔來了！

劉皇叔過江提親
孫家小妹好開心

果然，沒過兩天，東吳百姓皆知抗曹英雄劉備，過江來提親，百姓們都熱議與期待這場世紀婚禮舉行之日。

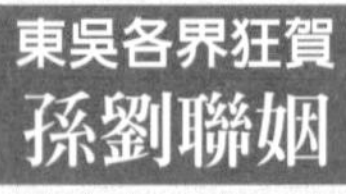

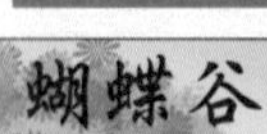

粉墨登場　過江提親的孫乾

本來是徐州太守陶謙的屬下，陶謙臨死前推荐給劉備當幕僚。孫乾很有政治眼光，當年呂布以張飛搶走馬匹爲藉口，奪走小沛城時，他主張劉備等人去投靠曹操。這個建議讓劉備有了重返徐州的機會。日後，江東的呂範來說媒後，他在孔明的指示下，過江提親，促成一樁政治聯姻。

想不到第一次當媒人就成功，YA！

語文學堂

- 要挾：利用對方的弱點，強迫對方答應自己的要求。要：音ㄧㄠ，強迫。
- 南徐：中國古代州名，位今江蘇省。
- 隨從：跟隨的部屬、僕從。從：音ㄘㄨㄥˊ，跟隨的人。

三國故事開麥拉

劉備作夢也想不到會與孫權結成親家，這樁從天上掉下來的「桃花運」，他答應得心驚膽戰，擔心一入虎穴，腦袋也搬家了。

孔明料到其中有詐，他先派幕僚孫乾過江提江，打探情形，再交給趙子龍三個錦囊，要他陪同主公過江，並依錦囊的內容辦事。

劉備在趙子龍、孫乾、五百名士兵保護下，乘著十艘快船前往成親。到了南徐，趙子龍拆開錦囊，依計讓所有的士兵披紅掛綵，喜氣洋洋地去大街採買結婚用品。沒幾天工夫，當地百姓都知道孫權的妹妹要嫁給抗曹英雄劉備了。

接下來，趙子龍準備豐盛伴手禮，請主公親自去拜訪孫權、周瑜的岳父喬國老，宣布喜事。

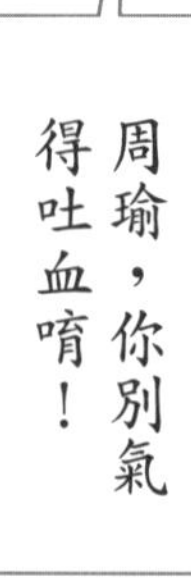

周瑜，你別氣得吐血唷！

三國經濟報
錢來也
赤壁之戰後，首次出現經濟成長！
劉皇叔採購結婚禮品，出手闊氣，南徐店家業績大成長！
荊州大買家！
振興經濟，讚！

穿越時空

冰人，是什麼人？

東漢末年，幕僚呂範、孫乾奉命當媒人，爲喪偶的劉備牽起姻緣線。古時候媒人也叫「冰人」，爲什麼呢？

傳說晉朝有個文官叫令狐策，某天夢見自己站在結冰的河上，與冰下的人對話。他醒來後，請教通曉天文、擅長占卜的索紞（ㄉㄢˇ），這個夢的意思是什麼。

索紞很會解夢，他表示冰上是地面，屬陽；相反的冰下屬陰。令狐策站在冰上與冰下的人講話，寓意陰與陽彼此交集，陰陽之事就是男女結婚，判斷令狐策在農曆二月冰雪未融化時，將爲人說媒。

從此，媒人有了新名詞，叫「冰人」，「月老」、「紅娘」也是人們耳熟能詳的媒人俗稱。

三國笑史

5 江東喬國老賀喜

吳國太
親家母恭喜了！
我有什麼喜事好恭喜？
令愛尚香許配給劉備。
全江東百姓都知道，你怎麼不知道？
啥？

你們這些大男人，明刀明槍要不回荊州，居然動腦筋使用美人計，假意許婚，犧牲我女兒的幸福。
羞不羞啊？
周女婿，你就算用此計得回荊州，也會被天下人恥笑啊！
臉紅

事已至此，不如就真招了劉備這個女婿，免得出醜。
劉備一大把年紀，與小妹不合適。

合不合適我女兒，我說了算！
約劉備明天到甘露寺見面，我看中意，就把女兒嫁他；我看不中意，劉備就任你們處置。
是！

粉墨登場　以女爲貴的喬國老

依《三國志》記載，喬國老是江東美人大喬、小喬的父親，人稱「橋公」。他的大女兒大喬嫁給孫權、小女兒小喬嫁給周瑜，身分地位極高。史上，雖然劉備眞的與孫權聯姻，卻沒有喬國老爲新人搭起友誼橋樑的記載，一切都是羅貫中的妙筆，爲這樁聯姻增添如偶像劇般的情節。

語文學堂

- 親家母：稱兒子的岳母或女兒的婆婆。親：音ㄑㄧㄥˋ，用於親家時讀四聲。
- 令愛：敬稱對方的女兒。也寫成「令嬡」。
- 甘露寺：史上雖然有甘露寺，卻不是《三國演義》裡吳國太見劉備的甘露寺，東漢末年並沒有這間寺廟。

三國故事開麥拉

喬國老一聽吳國太要嫁女兒，急忙去見親家母，一進門劈頭就說：「恭喜親家母！」吳國太一頭霧水，反問後才知道兒子孫權作主，把二十來歲的親妹妹許配給年紀一大把的劉備。

「氣死老身了！」吳國太怒氣沖沖地找兒子理論，捶胸頓足，又哭又罵：「我不是你親娘，你嫁妹妹竟然瞞著我，太瞧不起人了！」

孫權見吳國太氣到額頭冒青筋，也嚇壞了，結結巴巴地解釋，其實想藉著假結婚除掉強敵劉備，好順利地奪回荊州。

吳國太愈聽愈火大，連罵孫權和周瑜沒本事，想藉美人計得江山，很丟臉！結果，這樁喜事變成由吳國太作主，交代要在甘露寺會見劉備再決定。

穿越時空

「劉備娶親」歇後語

周瑜、孫權聯手策畫美人計，假招親騙來劉備。這齣娶親記熱熱鬧鬧，大受好評。有關「劉備娶親」的歇後語在詼諧的文字中充滿睿智，反映了不同角色的心情起伏。讓我們來看看，有哪些趣味歇後語。

劉備娶親——各有盤算	劉備娶親——喬國老當月老
劉備娶親——周瑜的烏龍計	劉備娶親——吳國太看女婿，愈看愈有趣
劉備娶親——孔明自有安排	劉備娶親——孫權周瑜失算
劉備娶親——人人皆知	劉備娶親——危機四伏
劉備娶親——全靠孔明的三錦囊	劉備娶親——弄假成眞
劉備娶親——又喜又怕	劉備娶親——全爲荊州
劉備娶親——一家歡樂一家嘔（ㄡˋ）	劉備娶親——孫尚香坐花轎，生平第一次

三國笑史

6 丈母娘看女婿

粉墨登場　虛構人物吳國太

小說裡是孫堅的二夫人，元配吳夫人的妹妹，孫尚香的親生母親。其實，吳國太是羅貫中虛構出來的角色，《三國志》寫得很清楚，孫堅僅娶一個老婆，吳夫人有弟弟，沒有妹妹。吳國太雖然是虛擬角色，但在小說裡成了女強人，大罵孫權、周瑜，二人連話都不敢回。這一切都拜賜羅貫中太會寫故事，將這位江東大媽形塑得相當討喜。

語文學堂

- 渾身解數：比喻全部的本領、辦法。
- 綵衣娛親：形容人很孝順父母。綵：音ㄘㄞˇ，彩色的絲綢。
- 刀斧手：拿著刀斧的劊子手。

三國故事開麥拉

相親當天，劉備精心打扮，內穿用金屬連綴而成的細緻鎧甲，外罩精美錦袍，在趙子龍護衛下，隨同前來的呂範前往。

吳國太一見劉備，儀表堂堂，耳大手長，滿意地說：「眞配得上我女兒。」

喬國老連連點頭，表示玄德有龍鳳之姿，帝王之相，是好人選。

一會兒，宴會開始，大夥齊聚飲酒。然而，這場相親大會充滿危機，寺裡的走廊埋伏多名刀斧手，想伺機取劉備的人頭。趙子龍低聲告訴主公，劉備跪哭著要吳國太快動手，殺了他。吳國太才知道孫權等人的詭計，怒斥了一頓。

第二天，劉備在謀士孫乾獻計下，求救喬國老，讓吳國太作主，指示劉備等人搬到書院，以免被殺害，並且盡快挑好日子結婚。

相親當天，劉備先試穿衣服，不斷問孫乾、趙子龍的意見。
主公，別打扮得太誇張。
主公的審美觀，超越一般人的想像。

穿越時空

老萊子孝親記

小說裡，孫權是個孝子，不敢違背吳國太的意見，以致白白讓劉備娶了妹妹。中國有二十四孝的故事，其中有個孝子是周朝楚國人，叫老萊子，他孝順父母親的方式很特別，充滿童心。

老萊子年邁的父母親常感嘆年紀大了，恐怕活不久，天天悶悶不樂。孝順的老萊子爲了逗父母親開心，已經七十歲的他，不怕人取笑，故意穿著五顏六色的衣服，綁著沖天辮子，像個小孩子似地蹦蹦跳跳，逗得父母親好開心。

有一天，老萊子端著水進屋內，故意摔倒，跌坐在地上哭哭啼啼，父母親心疼地安慰他，覺得老萊子還是幼童，忘了自己年老了。

小萊子，乖，別哭，娘拿糖給你吃。
阿爹給你錢買糖，吃了糖就不痛了。
再吃糖，我的牙齒都蛀光了。

三國笑史

7 弄假成眞結姻緣

吳國太中意劉備這個大叔女婿，答應把女兒嫁給他，成全這樁老少配的婚姻。
數日後，劉備大擺宴席與孫尚香拜堂成親，世紀婚禮排場熱鬧，轟動江東，人人慶賀孫劉兩家永結良緣。
好！
好！
好！
好！
好！
好！
啪！
啪！
啪！
啪！
公瑾，你出的好主意，我沒拿回荊州，反倒貼了一個妹妹。
主公放心，我還有B計畫，可利用劉備取荊州。
劉備酒後入洞房，見屋裡列隊站著手持刀槍的侍女，嚇得倒退三步。
媽啊！

我現在是入洞房還是進刑場？
真嚇人！
孫尚香
大叔，你在戰場上打滾半生，難道還怕刀槍？

你好有吸引力！
兩人情投意合，夫唱婦隨。

粉墨登場　撲朔迷離的孫尚香

《三國演義》裡的身分是孫堅的女兒，孫權的妹妹，叫孫仁，也就是孫尚香。她個性剛毅，行事像男子漢，跟隨在身旁的侍女都會舞刀弄劍。孫尚香婚後一段時間，與劉備離開江東，過了幾年卻又獨自返回。彝（ㄧˊ）陵之戰後，她誤以爲劉備死了，傷心地跳江自殺。但這是小說情節，歷史上並沒有記載。

我投江這件事純屬劇情效果，不是眞的。

語文學堂

- 成全：幫助人實現某種願望。
- 良緣：美滿的姻緣。
- 夫唱婦隨：本指妻子處處順從丈夫，後比喻夫妻情感融洽。

三國故事開麥拉

自從甘露寺相親後，劉備完全擄獲準丈母娘的心。「差點兒嚇死我了，還以爲會一命嗚呼。」劉備見過吳國太後，不再成天心驚膽戰，他有了準丈母娘當靠山，不怕周瑜和孫權耍手段。

這樁老少配本來是一場政治「甜蜜殺機」，卻意外有了完美結局。吳國太在甘露寺見劉備耳大手長，很有帝王相；年紀雖然比女兒大很多，卻散發一股沉穩感，比那些毛毛躁躁的小夥子強多了。

吳國太挑個黃道吉日，讓二人拜堂成親。結婚隔天，劉備慷慨地把金銀錦緞分給丫鬟們，好收買人心。他派孫乾回荊州報喜訊，自己則沉醉在新婚的喜悅裡，天天與孫尚香飲酒歡樂。

河東□吼　　天打□劈

□妻□妾　　無情無□

只見新人笑，不見□□哭

作者好像故意出這些題目整我，感覺怪怪的。

有嗎？

穿越時空

「岳母」一詞的由來

岳母，也叫丈母娘，聽起來很有威嚴。劉備初次見吳國太時，不敢打馬虎眼，穿得很氣派，想討她的歡心。

為什麼妻子的母親叫「岳母」？古時候女子沒有地位，岳母，是隨著「岳父」叫的。這個名稱的典故與唐朝的官員有關係。

歷代帝王都在泰山祭祀天地，叫「封禪（ㄕㄢˋ）」，負責的官員叫「封禪使」。有一年唐玄宗舉行封禪大典，派張說當封禪使。張說藉機提拔女婿鄭鎰（ㄧˋ），從九品高陞自五品。唐玄宗覺得很奇怪，質問鄭鎰，他羞紅臉不好意思回答。同朝的官員不想一語戳破，紛紛譏笑是靠「泰山之力」。

從此以後，人們就把妻子的父親叫「泰山」，因泰山在五大山岳中排名居冠，所以也叫「岳父」；妻子的母親就叫「岳母」。

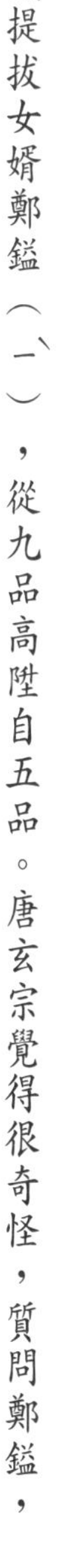

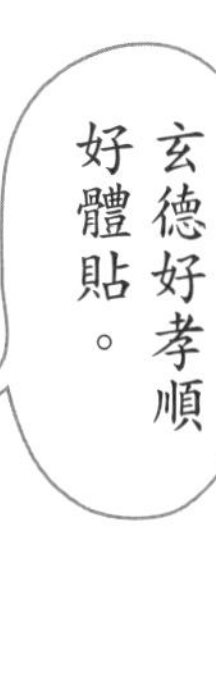

我除了擅長逃跑、擅長哭泣，還擅長討好岳母呢！
玄德好孝順好體貼。

三國笑史

8 迷戀聲色的劉備

既然現在不能殺劉備，不如反其道而行，給他吃好喝好，軟禁在溫柔鄉，消磨他的鬥志。
時日一久，劉備必然歸順主公，如此荊州就唾手可得。
孫權依計行事，先為劉備修整府宅，平日錦衣玉食款待。

再送上數十名女樂伶人，讓劉備盡享聲色之樂，還不斷贈送金銀珠寶給他。
勁歌熱舞
劉備果然樂得不想回荊州，再過以前兵戎相見的艱苦生活。

主公貪戀女色不想回荊州，我何不拆開軍師給我的錦囊，看看有何妙計。
隔天一大早
主公，不好了！軍師傳簡訊說曹操又領大軍要攻打荊州。
軍師有說該怎麼辦嗎？

軍師要主公立刻回荊州主持大局。

我還在度蜜月吶！

粉墨登場　沉醉溫柔鄉的劉備

人稱劉皇叔，是漢景帝第九子中山靖王劉勝之子劉貞的後代。他打著擊垮奸賊恢復漢室的旗幟，獲得英雄豪傑支持，也打出一片江山。他娶了孫尚香後，在孫權有意布局下沉醉於溫柔鄉，逐漸喪失壯志。幸好孔明早料到會如此，在錦囊中交代妙計，半騙半逼劉備打道回府。

語文學堂

- 反其道而行：採取跟平常相反的辦法行事。
- 溫柔鄉：比喻有美色的處所。
- 唾手可得：像將口水吐到手心裡那麼容易。比喻非常容易得到。
- 女樂伶人：指女歌舞藝人。

三國故事開麥拉

「氣死人！白白被劉備撈到好處。」孫權很懊惱，當初不該用「美人計」，至今沒除掉對手，又弄假成眞的成了劉備的大舅子。

孫權愈想愈慌，派人到柴桑，告訴周瑜聯姻成眞的烏龍事件。

「可惡！」周瑜寫封書信，建議用美色享樂消磨劉備的野心。這樣一來，劉備與關羽、張飛、諸葛孔明的情感也會疏遠，便能藉機奪取荊州。

趙子龍見主公不想回荊州，不知如何是好，他拆開第二個錦囊後，匆忙報告劉備，曹操率五十萬大軍攻殺荊州，軍師請主公速回！

這番話嚇壞了劉備，他打算告訴孫夫人再離開。趙子龍擔心會脫不了身，劉備卻說他自有盤算。

江東充滿了藝術風，我喜歡。

我的舞技更了得！

劉備與孫夫人欣賞女伶們組成的「江東Girls」跳熱舞。

穿越時空

「掉漆」的美人計

「賠了夫人又折兵」，是孔明笑周瑜出餿主意，想藉著假招親來對付劉備，卻被將了一軍，顏面掃地，堪稱史上最「掉漆」、最慘敗的美人計。

其實，千年前孫權眞的把妹妹嫁給劉備，但不是周瑜的主意。赤壁之戰後，孫權見劉備的勢力愈來愈強大，想藉由聯姻來拉攏對方，一起對付曹操。

羅貫中運用聯姻的史實，編寫出高潮迭起的劇情，吳國太首次見劉備、孔明的三錦囊、劉備帶夫人逃回荊州……，爲這樁政治婚姻增添不少趣味。

孫權、劉備各懷鬼胎，都知道「美人計」背後的目的，是想擁有荊州的掌控權，卻犧牲了無辜的孫夫人。擔負間諜使命的她，連新婚都有一百多個丫鬟，佩帶刀劍跟在身旁，一點也不浪漫。

都是你，害我嫁個老尪。

周都督的美人計遜斃了！
不尊重女性，馬上道歉！

不干我的事，怎麼連躺著也中槍？

孫夫人率領一百多個佩帶刀劍的侍女，到柴桑舉牌抗議。

三國笑史

9 孫夫人發威

荊州有難，我得趕快回去，卻捨不得離開你。

大叔乖，別哭，你去哪裡我就跟你去哪裡。
太感動了！

孫權得知劉備帶著妹妹逃走，派人追殺劉備。
趙雲護送劉備和孫夫人乘馬車趕往江岸，準備渡江回荊州。
東吳追兵快馬加鞭，終於追上劉備一行人。

嫁雞隨雞，嫁狗隨狗。
我不回去，你們快點讓開，別攔住我們的路。
夫人好威風。
汪汪汪！

丁奉
孫夫人是主公的妹妹，我們得罪不起。
真捉她回去，她跟吳國太告狀，治我們不敬之罪，我們豈不是吃力不討好？
涂盛
你說得有道理，我們還是賣個順水人情，讓他們逃走。

粉墨登場　東吳大將丁奉和徐盛

早先都效命孫策，後來跟著孫權打天下，參與赤壁之戰、南郡之戰、彝陵之戰等等。小說裡，丁奉和徐盛常一起執勤任務，孔明在七星壇作法，借東風後溜走，二人奉命急追；劉備哄孫夫人回荊州，也是他們率領兵馬攔阻。二次都沒有達成任務，但是丁奉和徐盛有件事很受人讚揚。有一年魏文帝曹丕攻打吳國，徐盛考量兵力不夠，正面迎戰不利，心生一計，下令部屬築假箭樓、在長江擺戰船，丁奉也大力配合，成功地嚇退曹軍。

語文學堂

- 快馬加鞭：對快跑的馬再打幾下鞭子，使牠跑得更快。比喻快上加快。
- 嫁雞隨雞，嫁狗隨狗：比喻女子出嫁後，不論嫁得好不好，都要順從丈夫。
- 吃力不討好：花費許多力氣卻沒有獲得好處，反而惹人埋怨。

三國故事開麥拉

劉備含著淚水向孫夫人說，自己在江東，無法回去祭祖，眞是大逆不道。

孫夫人卻戳破劉備的謊言，知道他不想留在江東，編了個藉口。

劉備改用苦情計，難過地說爲了保住荊州，不得不走，卻捨不得夫人。孫尙香也很明理，當下商量好逃走的計畫。

大年初一，二人向吳國太賀年，並表示要去江邊祭祖，聊表孝心。劉備夫妻獲得同意後，立刻回到府上，在趙子龍等五百名士兵護送下，馬不停蹄地趕路。

孫權知道劉備和妹妹逃走了，氣得解下寶劍交給大將蔣欽、周泰，下令誰違令就砍誰的腦袋，並加派徐盛等大將和人馬火速追捕，卻無功而返。

都帶走，氣死哥哥！
我們騙說要去祭祖，帶這些東西太高調了。
三夫人比起前二位夫人，花樣好多。

劉備夫妻房間，二人準備逃走的衣物。

穿越時空

孔明的第三個錦囊

劉備前往江東迎娶前，孔明交給趙子龍三個錦囊，前二個分別是：到了南徐高調宣傳劉、孫二家要聯姻，讓江東百姓皆知，並讓吳國太知道這樁「假招親」的計謀；到了年底則以荊州情勢危急，逼迫劉備返回。

至於第三個錦囊，孔明交代趙子龍，一旦危急萬分時可拆開。

劉備依第三錦囊指示，向孫夫人痛哭流涕，說出吳侯孫權以她爲餌招親，要謀殺自己的陰謀。劉備表明對夫人一往情深，還說不能回荊州的話，寧願自殺。

果然，孫夫人出馬挺丈夫，交代劉備和三百名士兵先走，留她和趙子龍對付追來的大將。孫尚香以「罵功」罵走徐盛、丁奉、、陳武、潘璋四大將。

劉備是我丈夫，你們攔住去路，想搶劫嗎？等我向我娘告狀，你們就吃不完兜著走……。

三國笑史

10 賠了夫人又折兵

趙雲護送劉備和孫夫人到達劉郎浦，孔明早已準備好船隻前來接駕。
周瑜、韓當、黃蓋，各領著水軍船隊沿江在後面追趕劉備。
劉備，你們的死期到了！

你追我逃，不多時……
棄船上岸。
眾人護著劉備和孫夫人登陸，乘車離開。

此時，周瑜也下令將戰船靠岸，船上數千東吳水軍立刻登岸追敵。

快追！別讓劉備他們逃了。
周瑜率軍上岸，追趕劉備到黃州地界。
關雲長在此！
關羽、黃忠、魏延，各領人馬從山谷裡殺出，兩軍一陣廝殺，東吳軍居於下風。

周瑜身上有傷，見情勢不妙，撥轉馬頭，急忙逃走。
東吳軍急忙往江邊逃，隨周瑜撤回戰船上，划離江岸避戰。

孔明輕搖羽扇，領著軍士列陣在岸上喊道：
周郎妙計安天下，
賠了夫人又折兵！
可惡的孔明，又壞我計策，我還有什麼臉回去見主公。
啊！
周瑜氣得舊傷迸裂，大叫一聲，昏死過去。

粉墨登場　東吳大將韓當

擅長射弓箭、騎馬術，從早年追隨孫堅、孫策到少主孫權，忠心耿耿。韓當率兵很有一套，深得人心。曹操率領兵馬攻打江東時，很多大臣部將都懼怕，主張投降，他卻極力主戰。韓當參與過不少重要戰役，包括：赤壁之戰、南郡之戰，以及追隨大將呂蒙攻打荊州，合力打敗關羽，是深受孫權重用的大將。

熬了好久才占這頁版面，能不能多安排我露臉的機會？

語文學堂

- 劉郎浦：渡口名，本叫浦口，位今湖北省石首市城北的長江北岸，東漢末年劉備在此地駐紮軍隊，迎孫夫人上接親船而得名。
- 接駕：泛指迎接君王。
- 撥轉：改變方向。

三國故事開麥拉

劉備等人一路逃到劉郎浦，孔明已經安排荊州士兵喬裝成船夫，分別划著二十多艘船隻，接主公逃離。

船隻在江上急速前進，以周瑜爲首的江東軍也追趕來了，雙方人馬在江上廝殺，周瑜見情勢危急，急下令大家先退逃船上。這時候，劉備軍在孔明指示下，登上山頭齊聲高喊：「周郎妙計安天下，賠了夫人又折兵。」

周瑜一聽，怒火攻心，想上岸拚個你死我活，卻被黃蓋等人勸阻。周瑜氣得大叫，突然箭瘡裂開，昏倒了。

孫權獲報，想出兵雪恨，被參謀張昭攔住，認爲攻打劉備，會給曹操揀了便宜。不如暫時順了劉備的心意，一起抵抗曹賊。

穿越時空

曹操最怕的租借約定

赤壁之戰後，劉備得到長沙、桂陽、武陵、零陵四郡，他從一個賣鞋郎到擁有三分天下的局面，令孫權不敢輕視，在參謀建議下，派使者華歆（ㄒㄧㄣ）向漢獻帝推荐劉備當荊州牧，掌管當地的軍政，以便聯手對抗曹操。

江陵太守周瑜不甘心，提出以美色財氣消磨劉備的壯志，孫權不答應。羅貫中以這件事添加劇情張力，寫出迎親的高潮戲。

周瑜死後，卻翻轉了劉備的命運，在魯肅協調下，將南郡裡的精華區——江陵「借」給劉備，當官署所在地。

這個租約是一家歡樂一家無奈一家嚇壞，曹操獲知消息那天，恰巧銅雀臺落成，他喝得酩酊大醉，正提筆寫〈銅雀臺〉詩助興，結果嚇到毛筆落地。

三國笑史

11 孔明氣死周瑜

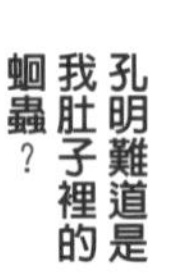

粉墨登場　魂歸西天的周瑜

江東最有潛力、最有前途的明星級大將。在那個年代，周瑜是被眾人欽羨的幸運兒，出生官宦世家，高大英俊，能文能武，官拜中郎將、大都督，娶美人小喬，是人生勝利組。《三國演義》裡，他被塑造成氣量狹小的人，嫉妒孔明料事如神，三次被氣到吐血，第三次還被活活氣死。但這些純屬小說情節，與史實不符合，周瑜是攻打益州時生病，病情加重下死在巴丘。

我的度量大，史書上有記載，別信羅貫中寫的。

語文學堂

- 剋星：比喻能對他方起制伏作用的人或事物。
- 魯蛇：指失敗者，英文 loser 的音譯，是時下的流行語。
- 魂歸西天：指人死亡。西天：佛教徒指西方極樂世界。

三國故事開麥拉

周瑜一股怨氣嚥不下去，希望孫權勢必討回荊州。孫權同意，派魯肅前往。好好先生魯肅來到目的地，一開口，劉備就哭得像淚人。

魯肅很錯愕。孔明說：「主公承諾攻取西川後再歸還荊州，可是益州劉璋和主公是兄弟，怎麼下得了手；倘若不取，一旦歸還荊州，就沒有棲身之地。」

孔明好言好語地拜託魯肅，向孫權寬限一陣子，主公會想法子。

魯肅返回柴桑，被周瑜數落一頓。周瑜心生一計，打算明攻西川，實取荊州，等劉備出城勞軍，就殺了他。想不到詭計被孔明識破，周瑜氣到吐血。

周瑜醒來，寫了封遺書推荐魯肅接任大都督，不久就含恨地與世長辭。

我代替劉皇叔攻取西川，好將地盤送給孫夫人當嫁妝，別擋路。
想進城，先回答通關順口溜「一山不容二虎，除非」什麼？
周瑜從日升想到日落，直到吐血躺在擔架上依然想不出來。
誰……能告訴我答案？
一山不容二虎，除非一公一母。

穿越時空

「假途滅虢（ㄍㄨㄛˊ）」的故事

東漢末年，周瑜表面要代替劉備攻取西川，其實是想奪取荊州。他這招「假途滅虢」，想一石雙鳥的計策，被孔明識破。

「假途滅虢」是春秋時代的故事，那時候晉國是大國，鄰近領土較小的虞國、虢國。當政的晉獻公像一頭餓獅，恨不得將這二個國家生吞活剝。他派使者送珠寶、千里駒、美女給虞國君王，希望他讓晉軍經過虞國國土，好攻打虢國。

虞國國君很貪心，同意這項交易，晉獻公也順利地攻下虢國一個城池。三年後，晉獻公又送了珍奇異寶，想借道攻打虢國。大夫宮之奇反對，認爲虞國和虢國的關係，猶如脣和齒，脣亡齒寒，不能大意。

虞國國君不聽勸，等晉獻公消滅了虢國，回程經過虞國時也一併消滅。

快把晉國的馬牽走，我要趕進城。
我要趕去迎娶，不能延誤良辰吉日。

借個道路就賺這麼多，好划算！

12 劉備占領益州

周瑜亡故，
東吳無力再
追討荊州。

經過四年後，劉備在龐統和孔明兩位軍師相繼輔佐下，終於占領益州，實現三分天下的戰略目標。

劉備想全力在益州經營建設，將荊州交給關羽把守。
益州
荊州

孫權要求劉備既然取得益州，應該依約歸還荊州給東吳。

劉備扮白臉同意還荊州，
關羽唱黑臉拒絕東吳派人來接收。

兩軍又再次進入劍拔弩張的緊張局勢中。

幸賴新任大都督魯肅請孫權堅持「孫劉連合拒曹」的方針，才讓兩方保持脆弱的表面和平，沒有發生正面衝突。

好景不常，兩年後，好好先生魯肅因重病去世，鴿派退場，由主戰的鷹派代表人物，周瑜意志的接班人呂蒙，繼任大都督。

新一波的亂局即將爆發。
呂蒙

粉墨登場　令人刮目相看的呂蒙

東吳大將，很會打戰，卻是個肚子沒墨水的草包。他在孫權的鼓勵下，發憤苦讀，不了解的文句，也仔細地圈起來，向人請教。幾年後，呂蒙與人討論兵法時也能侃侃而談，魯肅很驚訝，大大地誇獎他。呂蒙表示「男子漢三天不見，就應該讓人刮目相看」，這句話就是「刮目相看」成語的由來。

我靠著「刮目相看」這句成語紅了千年。

語文學堂

- 益州：中國古地名，約今四川省、雲南省、湖北省等，劉備在此建立蜀漢政權。
- 扮白臉、唱黑臉：分別表示當好人、當兇惡的人。
- 劍拔弩張：形容情勢緊張，一觸即發。弩：音ㄋㄨˇ，古代兵器，利用機械力量射箭的弓。

三國故事開麥拉

周瑜死了，東吳的戰鬥力有些洩氣，相反的，劉備軍氣勢磅礡，浩浩蕩蕩地攻取益州。

孫權惱怒劉備食言，不肯歸還荊州。狗急跳牆下，孫權接受謀士張昭的計策，扣押諸葛謹的家人，逼他前往成都，向弟弟諸葛孔明要回荊州。

諸葛瑾來到成都，見了弟弟說明原委，忍不住放聲大哭。孔明帶他來見主公，劉備正生氣孫權派人偷偷接走孫夫人，斷然拒絕履行合約。

孔明見談不攏，跪下來痛哭，請求成全。劉備不忍，同意寫封信給關羽，讓他交割長沙、零陵、桂陽三郡，還荊州則免談。

其實，這是孔明的計謀，一來替哥哥暫時解圍，二來將燙手山芋丟給孫權和魯肅，給了三郡，留下精華地益州和荊州，相當划算！

穿越時空

孫夫人逃走了

《三國演義》裡有段孫夫人企圖挾持阿斗回江東的劇情。赤壁之戰後，孫權想趁劉備率軍進入西川時，攻打荊州，卻被吳國太擋住，怕連累了女兒孫尚香。

謀士張昭想了一計：騙！騙孫夫人劫阿斗回江東，好威脅劉備。

孫權派周善帶領五百人，假扮成商人，分搭五艘船，帶著家信混進荊州。孫夫人獲知母親吳國太病重，想念自己，難過地流下眼淚。她在周善的建議下，打算挾持阿斗不告而別。

一群人正準備搭船溜走時，趙子龍追趕來搶下阿斗。雙方僵持不下，張飛獲報也趕來。孫夫人威脅說不能回去探望生病的母親，就投江自殺。後來，趙子龍、張飛決定留下阿斗，放孫夫人回江東。孫權的計策又失敗！

當年我冒險救出少主，怎能讓你輕易帶走。
阿斗需要母親照顧，你不要和我搶人。
各位讀者，我老是被搖來晃去，又被父親用力丟，難怪腦袋怪怪的。

三國笑史

13 呂蒙用計奪荊州

呂蒙故意表現軟弱迷惑關羽，讓他更加自大，對東吳的威脅掉以輕心。
我怕怕。

在我威名震懾下，呂蒙只能乖乖當孫子，
吳下阿蒙不足為慮。

呂蒙又加碼欺騙關羽，他故意裝病，由名不見經傳的書生陸遜，代領都督之職。
陸遜
令

於是，關羽更加忽視江東威脅，以荊州全部兵力與曹軍在樊城進行猛烈地攻防戰。

關羽中計了，
他完全深陷在攻取樊城的混戰泥淖中，無力防範我們攻取荊州。

黑夜中，呂蒙組織八十艘商船，自領三萬士兵身著白衣，喬裝成商人，偷偷過江，進入荊州。

一夜之間，無預警地奪下荊州。
吳

呂蒙洋洋得意說：
關羽笑我裝孫子，我這招就是看孫子兵法學來的。

粉墨登場　書生型武將陸遜

孫策的女婿，後來效命孫權，在人才濟濟的江東並不起眼，卻因向呂蒙獻計，以致關羽敗走麥城而聲名大噪。孫權稱帝後，他位居宰相，彝陵之戰時，陸遜以火攻擊敗劉備，立下大功。本來他前途無量，卻因插手太子孫和、魯王孫霸爭奪繼承權之爭，因孫權不挺他，多次責備，以致活活被氣死。

語文學堂

- 掉以輕心：不重視，絲毫不放在心上。
- 震懾：震驚；恐懼。懾：音ㄓㄜˊ，恐懼。
- 都督：古代的軍事長官。
- 泥淖：本指爛泥，多比喻難以自拔的困境。淖：音ㄋㄠˋ，爛泥。

三國故事開麥拉

劉備愈來愈意氣風發，精華地荊州和益州都歸他掌控。兵馬雄厚後，劉備又把曹軍趕到長安城，自立漢中王；接下來，派關羽攻打樊城。

曹操飽受威脅，想遷都洛陽。大將司馬懿建議不如鼓吹孫權攻荊州，使關公疲於奔命，就可解樊城之危。

曹操寫了封信給孫權，分析關羽的兵力幾乎都調離荊州，不妨趁機占領荊州。孫權很認同，派大將呂蒙攻取荊州。

然而，探子來報，說對岸每隔二、三十里就築烽火臺，不好攻下。呂蒙怕硬攻吃虧，乾脆裝病。武將陸遜自告奮勇要當臨時都督，又寫了封讚揚關羽水淹于禁七軍很厲害，以低姿態鬆懈敵人的警戒。這一招果然見效！

陸遜的國文程度好差，一堆國字不會寫，「遜」斃了！

敬愛的關將軍：

我是東吳武將陸遜，那個靠苦讀令人「ㄍㄨㄚ」目相看的呂蒙生病，換我當大都督。我向來敬「一ㄤˇ」關將軍的威武，日前您用計水淹曹軍，給曹將于禁、龐德幾分顏色瞧，實在太精彩了，「ㄎㄢ」稱威「ㄓㄣˋ」八方、「ㄌㄧㄡˊ」芳百世、「奇人奇事」、「大快人心」。

卑微的 陸遜 筆

穿越時空

陸遜，翻轉前途！

陸遜，默默無聞的東吳將領，他苦等機會，要爲自己的人生翻盤。

漢獻帝建安二十四年（219年），關羽大敗曹軍，把向來有「恐雲長症」的曹操，嚇得魂飛魄散，所以想藉由江東的兵馬來解燃眉之急。孫權採納，派呂蒙務必攻下荊州。

這件事給了陸遜翻盤的機會，他猜測呂蒙怕攻不下荊州，無法交差，所以裝病，以「拖」來救命。陸遜抓住呂蒙的弱點，推荐自己當大都督。呂蒙在「急病亂投醫」下，接受這個餿主意。

大都督職位一換人做，翻轉了陸遜的前途，救了呂蒙，卻苦了關羽。陸遜一步步地誘騙關羽上當，耿直自信的關羽果然把軍隊集中在攻樊城，未提防有人耍詐。

三國笑史

14 關羽死訊實況報導

東吳軍和曹軍約定夾攻關羽。
慘慘慘，關羽孤軍無援，虎落平陽，領著苦戰後剩下的三百戰士，被圍困在麥城。
記者

緊張緊張，關羽領兵要從北門突圍了，可惜猛虎難敵猴群。
啪！

東吳軍用繩索絆倒赤兔馬。
江東小將馬忠撿了大便宜，輕鬆捉到聞名天下的關老爺，附加獎品是赤兔馬，成為本次最大贏家。
馬忠
我要跟你結成兒女親家，你居然說虎女怎能配犬子，罵我兒子是狗。
現在，你被綁成這狗樣，怪可憐的，我大發慈悲不跟你計較，只要你真心歸順，我就饒了你。

連梟雄曹操都降服不了我，你這個東吳鼠輩，憑什麼要我投降？
我誤中奸計，頂多死而已，何必多言。
滾！

孫權盛怒，下令殺了關羽和他的兒子關平。

三國戰神關羽，就此將星殞落。

粉墨登場　三國戰神關羽

當年他在偶然機會下與劉備、張飛結拜爲兄弟，即忠心耿耿地協助劉備爭天下。小說裡，關羽膾炙人口的故事有勇擊大將華雄、保護甘夫人和糜夫人以及少主阿斗、與曹操立下三條件、過五關斬六將、在華容道放走有恩於己的曹操、讓華佗刮骨療毒……。後來關羽雖敗走麥城，然而他勇猛、講信義的形象，千年來深植人心。

語文學堂

- 麥城：古地名，位今湖北省當陽市兩河鎮麥城村境內，三國時期因關羽敗走麥城而得名。
- 殞落：寓意死亡。殞：音ㄩㄣˇ，消滅；死亡。

三國故事開麥拉

荊州失守，關羽獲報大驚失色。他沒料到呂蒙會下令水軍喬裝成商人，以避大風和送禮物騙倒烽火臺的守軍，不動一刀一槍地占領了荊州。

關羽困守麥城，一心想率領兵馬突破包圍。此時，諸葛瑾奉命來勸降，關平氣得想殺了他。關羽不忍殺孔明的親哥哥，放他回去傳達自己寧死不降的心意。

這天，關羽打算深夜突圍，他留下王甫、周倉，以及一百名人馬死守麥城，自己率領著關平、趙累和二百名士兵從北門殺出去。

這一走，決定了關羽的命運。他騎的赤兔馬被伏兵的撓鈎套索絆倒，摔了下來，被馬忠活捉。孫權見他不肯投降，若留下他又怕會有後患，便下令殺死關羽父子，那年關羽五十八歲。

關將軍是英雄，我很想留他效命。
當年曹操千方百計地討好他，結果他一知道劉備的消息，就堅決離開。結果曹丞相落個被「過五關斬六將」的下場。

關將軍饒命～～～

穿越時空

關羽被斬首的花絮故事

《三國演義》裡爲關羽之死安排了精彩的「顯靈復仇」，相當戲劇化。

孫權如願擁有荊襄九郡，得意洋洋地開慶功宴，請功臣呂蒙坐大位。不料，呂蒙卻衝上去揪住孫權，以關羽的口氣大罵：「你這綠眼紫鬍子的小子，竟然用奸計陷害我……。」呂蒙罵了又罵，突然跪倒地上，七孔流血死了。

孫權厚葬呂蒙後，驚魂未定，聽從謀士張昭的建議，把關羽的頭獻給曹操，讓劉備恨死他。本來曹操看到人頭，還開玩笑地說：「雲長一別，近日可好？」卻見關羽睜開雙眼，鬚髮揚了起來。

曹操被一嚇，昏了過去。醒來後，司馬懿建議以檀木刻出屍體，裝上關羽的人頭，好好厚葬。這招成功地挑起了劉備的怒火，誓言殺死孫權。

三國笑史

15 奸雄人生的末日

孫權將關羽的首級送到許都給曹操。
曹操靜靜看著不語。

司馬懿
這是孫權想把江東之禍轉給魏王的詭計。

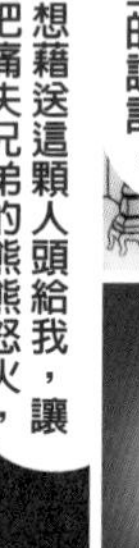

孫權想藉送這顆人頭給我，讓劉備把痛失兄弟的熊熊怒火，轉而燒向我。

我也看出來了。

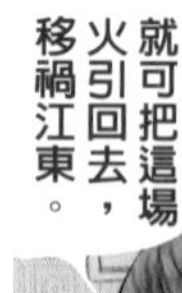

微臣建議把關羽的頭與木刻的軀體組成一起，以大臣之禮隆重安葬。
就可把這場火引回去，移禍江東。

好主意，這事就交給你辦。關羽死了，我感覺屬於我的時代似乎結束了。
我老了，以後就是你這種足智多謀之人的天下。
不敢！魏王長命百歲，萬壽無疆。

連勇猛如神的關雲長都死了，我又豈能不死？
沒多久，曹操頭風病發作，又不肯讓神醫華佗動手術剖開頭蓋骨治療，最終病發而逝。
一代梟雄曹操死了，如他所預言，

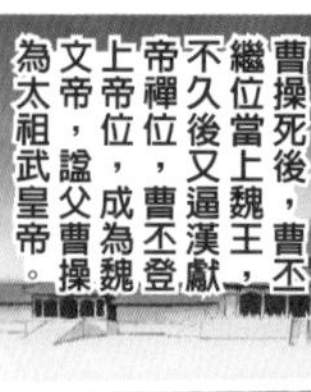

曹操死後，曹丕繼位當上魏王，不久後又逼漢獻帝禪位，曹丕登上帝位，成為魏文帝，諡父曹操為太祖武皇帝。

司馬懿如日出東方，將成為新時代的主人。

粉墨登場　梟雄曹操死了

當年他看不慣亂賊董卓把持朝政，曾號召有志一同的人士討伐，本是熱血青年，等到擴張權勢後，也成了殘暴的霸主，盜墓、戮殺無辜、蓋銅雀臺享受。曹操一生看重二個人，卻與他們無緣，一是戀人蔡文姬；另一個是忠義之臣關羽。當他目睹關羽的首級怒視著自己時，受到極大驚嚇，隔年也病死了。

語文學堂

- 主簿：古代官職名，負責掌管文書、印章等工作。
- 熊熊：火勢旺盛的樣子。
- 萬壽無疆：祝人長壽的吉祥話。無疆：無限；沒有窮盡。

三國故事開麥拉

曹操厚葬關羽後，經常閉上眼睛就見到關羽，以致頭痛的毛病愈來愈嚴重。

大臣華歆（ㄒㄧㄣ）建議請神醫華佗來治病。華佗爲曹操把脈後，說：「大王的病根在腦部裡面，必須服下麻沸散麻醉全身，再用斧頭劈開腦袋，割除病根才能痊癒。」

「大膽！你想殺孤王。」曹操大聲怒罵。他直覺華佗與當年想毒死他的太醫吉平沒兩樣，下令把華佗押入大牢，沒多久就處死了。

華佗死後，曹操的頭痛病更加劇烈，他開始有了幻覺，半夜常聽見淒涼的哭聲，也看見董貴妃、董承等人的冤魂來索命。他自知離死期到了，安排好繼承人後，又命屬下設立七十二座空塚，以免被仇家盜墓鞭屍。

建安二十五年正月，曹操六十六歲，他深深地嘆口氣，淚流滿面地死了。

穿越時空

醫學寶典《青囊書》失傳了

羅貫中爲華佗的死安排了令人扼腕的故事。傳說他死前有本醫學著作《青囊書》，隨著他入獄。這本書記載著華佗一生的醫學紀錄和心得，十分珍貴。

華佗入獄後，有位姓吳的獄卒很照顧他，並不把他當犯人看待。華佗自知難逃一死，便事先將《青囊書》交給吳獄卒，希望醫術能傳承下來。

吳獄卒答應，把書帶回家藏好。過了沒幾天，華佗就遭斬首。吳獄卒私下買了棺材埋葬他，處理好後事，吳獄卒辭了工作，打算好好研究《青囊書》。

不料，回到家，見到妻子正燒著書，他一急，冒著被火燙的危險，伸手要搶救，卻燒到剩兩頁，只留下閹雞、閹豬的小醫術。

從此，華佗的醫術也永遠失傳了。

吳老弟，你好好苦讀《青囊書》，將來可以轉換跑道當醫生。

我將這本書拿去出版，應該可以賺到很多版稅。

青囊書

三國笑史

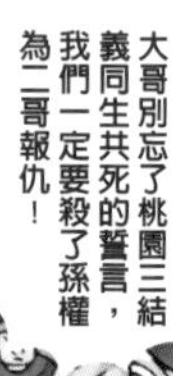

16 張飛遇害

漢獻帝被迫禪位，劉備為繼承漢室皇統，登基當皇帝。

張飛知道關羽的死訊後，發瘋似地要求劉備出兵東吳。
大哥別忘了桃園三結義同生共死的誓言，我們一定要殺了孫權為二哥報仇！

我雖然已經當上皇帝，絕不會因富貴忘記手足之情，等時機成熟就出兵報仇。

孔明和趙雲極力勸阻劉備要冷靜，以國家利益為重，不可輕易伐東吳，而讓曹魏漁翁得利。

劉備強壓下怒火，按兵不動。

沒想到，張飛因心情不好喝醉酒後，暴打下屬范彊和張達。
范、張二人懷恨在心，趁張飛醉酒睡覺時殺了他。

范彊和張達割下張飛的首級，逃往東吳投靠孫權，想藉此邀功。

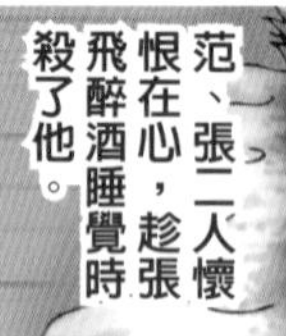

這兩個缺心眼的，嫌劉備要燒向我的怒火還不夠旺嗎？

劉備聽到張飛的死訊，徹底瘋狂了。
即刻發兵，消滅東吳！

粉墨登場　殺主人的范疆、張達

二人都是張飛的屬下，官階不高。因惹惱張飛被毒打而懷恨在心，半夜趁張飛喝醉，殺死對方並割下腦袋，連夜投奔東吳。不料，孫權怕被波及，將二人遣送回去，被張飛的兒子張苞處死。正史上，二人投降孫權後即生死不明，與小說被張苞千刀剮（ㄍㄨㄚˇ）死的描述出入很大。

語文學堂

- 禪位：禪讓帝王之位。禪：音ㄕㄢˋ，本指古代帝王祭祀土地山川，後來引申為禪讓的意思。
- 缺心眼：此指缺乏顧慮。

三國故事開麥拉

繼曹丕篡漢自立，以及漢獻帝被害死後，劉備以繼承漢室爲名，於成都築壇登基，並積極地調派七十五萬大軍，親自操練軍隊，誓言要爲關羽報仇。孔明等百官都覺得傾盡國力太冒險，建議派大將出征。

劉備有些認同，報仇的事便稍緩了下來。誰知張飛不死心，抱住劉備的大腿痛哭流涕，責備劉備忘了當年桃園三結義的誓言。這一哭，又點燃了劉備的復仇之火，當下宣布親自出征。

他多次聽說張飛常酒醉後毒打將士，這些人又常跟在身旁，深覺遲早會出事，叮嚀張飛對部屬親切些。

果然一語成讖，沒多久張飛就在酒醉後，被屬下范疆、張達殺害了。

你們聽好，三天內準備好白旗白甲，每個人都戴孝伐吳。
三天太趕了，拜託寬限幾天，好不好？
范疆
張達

結果二人被張飛綁在樹幹，各自毒打五十鞭。

莽張飛，我們一定會報仇！

啪！啪！啪！啪！

穿越時空

關於張飛的歇後語

在羅貫中筆下，張飛的外型、特色都令人驚呼連連，包括：頭大如豹、眼大如銅鈴、聲如響雷、脾氣火暴，雖然魯莽卻有智謀。他的二個女兒都嫁給蜀漢皇帝阿斗，是皇帝的老丈人。人們依據他的種種特點和傳說產生了不少有趣的歇後語，令人莞爾。

張飛賣肉——沒人敢殺價	張飛嫁女兒——貴爲國戚
張飛睡覺——睜眼嚇人	張飛繡花——精中有細
張飛動怒——熊熊烈火	張飛穿針線——大材小用
張飛抓耗子——大眼瞪小眼	張飛賣刺蝟——人強貨扎手
張飛討債——凶神惡煞	張飛賣豆腐——黑白分明
張飛結拜——當不了老大	張飛喝醉——屬下叫苦連天

三國笑史

17 劉備的結局

劉備親領七十五萬大軍，以黃忠、吳班為將，關羽之子關興、張飛之子張苞為護駕，水陸並進，殺向東吳。

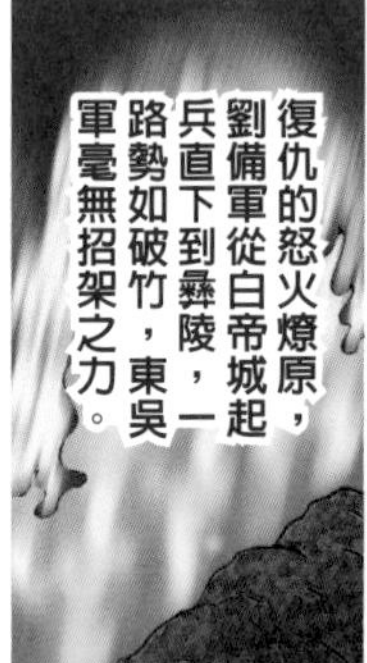
復仇的怒火燎原，劉備軍從白帝城起兵直下到彝陵，一路勢如破竹，東吳軍毫無招架之力。

直到孫權拜陸遜為大都督，戰局才穩定下來。

陸遜以堅守不戰，消磨劉備軍復仇的銳氣。
兩軍對峙，時令進入酷暑，劉備只好下令各營皆移防到山林茂盛之地。

劉備不懂用兵之道，把大軍全帶進樹林裡，我正好一把火燒了。

夜裡，東吳軍放火反攻，把劉備軍紮在猇亭、馬鞍山、彝陵各地的連營，燒成長達數百里的火線。

彝陵之戰，劉備大敗，羞愧悲憤病倒在白帝城，幾個月後，自知命不久矣，召集重臣來到改名永安宮的白帝城，病榻中對孔明託孤。
陛下放心，我會盡心盡力輔佐劉禪後主。

有你這句話保證，我就能安心去見上帝了，阿門。
劉備眼一閉，靜靜離開紛紛擾擾的人世。

粉墨登場　關興和張苞

分別是關羽的次子和張飛的長子。關興表現不凡，頗受孔明倚重，繼承關羽漢壽侯的爵位。小說裡，張苞在劉備作主下，與關興結拜爲義兄弟，是老大。二人隨劉備伐東吳，關興殺死東吳軍潘璋，奪回先父的青龍偃月刀。張苞因爲沒有繼承父親西鄉侯爵位，史學家推測可能是早死，與小說的描述不同。

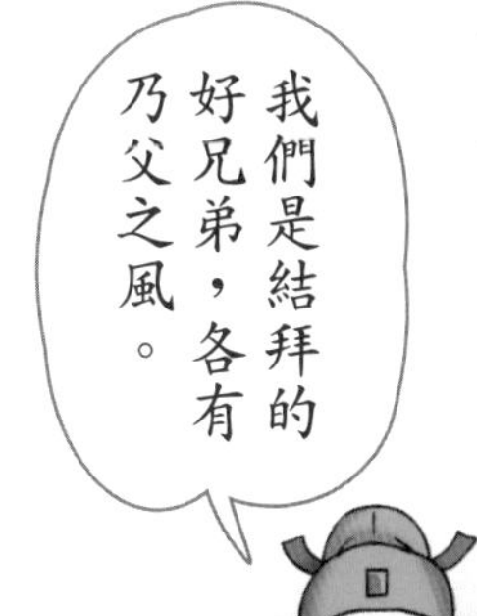

語文學堂

- 護駕：泛指跟隨保護主人。
- 燎原：火延燒原野。比喻氣勢旺盛。
- 勢如破竹：比喻形勢迅猛發展，無法阻擋。
- 虓：音ㄒㄧㄠ，老虎怒吼的聲音。

三國故事開麥拉

范疆、張達連夜投奔東吳，孫權收留二人。不久，獲報劉備率大軍要報仇，孫權不想擴大紛爭，派諸葛瑾去講和。劉備斷然拒絕。

孫權硬著頭皮向曹丕稱臣，請求魏文帝出兵攻打漢中。曹丕封孫權爲吳王，卻不肯發兵相助。這下子孫權無計可使了，只好迎戰劉備軍，卻節節敗退。

怎麼辦？孫權在大臣步騭（ㄓˋ）建議下，犧牲范疆、張達，並準備上等的檀木裝上張飛的首級，一併獻給劉備。

孫權以爲巴結到這種地步，一定可以消滅劉備的怒火，想不到劉備放話，非致他於死地不可。大臣闞（ㄎㄢˋ）澤見事機危急，以全家性命做擔保，推荐陸遜當大都督。這個決定，徹底翻轉局勢，東吳由敗轉勝，劉備也悲憤而病死。

我那傻兒子託給先生了，阿斗若眞的不成材，先生就取而代之，別把時間浪費在那傻小子身上。
阿斗傻乎乎一定會斷送江山，我的壓力好大！

穿越時空

扶不起的阿斗

阿斗，劉禪的乳名，後世人們對劉禪的印象是智能不足的人。「扶不起的阿斗」，成了一句嘲笑人不成材的俗語。

蜀漢被司馬昭滅亡後，阿斗等大臣被逼迫來到洛陽，封爲安樂縣公。司馬昭對他頗禮遇，天天開宴會，吃吃喝喝、欣賞美女跳舞，日子好逍遙。

有一天，司馬昭又問他是否思念蜀國？他想起大臣郤（ㄒㄧˋ）正交代的，先凝視著宮殿上方一會兒，再睜開雙眼，說先人墳墓遠在蜀地，非常思念。

司馬昭很驚訝，認爲這句話聽起來像郤正講的。阿斗老實地反問，你怎麼猜得出來。這番話逗得眾人大笑，司馬昭認定阿斗不成材，無須提防，讓他無憂無慮地當個安樂縣公。

阿斗小弟，想不想念蜀國？
賓果！郤正猜中考題，這一題我絕對滿分。
我是命題高手，百發百中！司馬昭，放馬過來！

三國笑史

18 孔明命喪五丈原

孔明輔佐後主劉禪治理國家，平定西南孟獲，六出祁山北伐中原，與曹魏大將軍司馬懿鬥智，一心想延續蜀漢政權，進而統一天下。

可惜，時不我予，當年那個離開臥龍岡的有志青年，如今已是耗盡心力，如油燈將竭的半百老者。

我不久於人世，
你們要繼承我的遺志。
楊儀
姜維

我死後你們要注意，防火，防盜，防魏延。

當夜，一代名相諸葛孔明病逝於五丈原。

孔明一死，魏延果然謀反，但孔明早就安排好對付他的人，最後魏延被馬岱殺死。
馬岱

沒想到孔明這麼神，

死了還能算計人。
啪！

粉墨登場　楊儀與姜維

蜀漢臣子，楊儀是幕僚，頗受孔明倚重；姜維被讚譽是涼州最出色的人材。孔明死後，楊儀因嫉妒蔣琬當上丞相，公開抱怨劉禪昏庸，被人告狀，以致遭流放，後來自殺。姜維是北伐的大將，孔明臨終前傳授兵法給他。劉禪向曹魏投降後，過了幾年，姜維舉兵想復興蜀國，卻失敗戰死。

孔明一死，我們在舞臺上的角色愈來愈不起眼，好感傷！

語文學堂

- 孟獲：西南蠻王，後投降蜀漢。
- 時不我予：時間不等待我們。比喻錯失最好的時機。
- 五丈原：位今陝西省寶雞市岐（ㄑㄧˊ）山縣的五丈原鎮，屬秦嶺北方山腳黃土台原的一部分。

三國故事開麥拉

東吳軍打敗魏將曹休後，劉禪同意出兵，聯手擊垮曹魏，派使者前往漢中見孔明。此時，孔明正設宴款待眾將士，卻突然颳來一陣巨風，吹斷院子裡的松樹。

「不好！這陣大風預兆我軍要損失一名大將。」孔明臉色大變。

眾人不信邪，依然飲酒、討論戰事。說來還眞巧，趙統、趙廣表情悲傷地趕來，孔明一見，吃驚地扔下酒杯，大哭：「子龍死了！」

二人泣不成聲地說：「夜間三更，父親病重不治身亡。」

孔明哭訴痛失國家棟梁，自己也彷彿失去一條手臂。等趙子龍出殯後，孔明派楊儀上呈《出師表》，決定率軍三十萬北伐。第五次北伐時，來到五丈原與魏軍對峙一百餘天，因重病撒手歸天。

上次關羽、張飛死時，他也事先感應到，這次換哪個大將？
天啊！又有大將死了。

呼！

穿越時空

感人的奏章《出師表》

《出師表》分爲《前出師表》、《後出師表》，是孔明北伐曹魏時上呈給劉禪的奏章。《前出師表》裡流露孔明被託孤，忠心耿耿地輔佐少主，恢復漢室的決心。包括：規勸皇帝多聽賢臣的意見，發揚先帝遺留下來的美德；委任軍師，讚美侍中費禕、侍郎董允、將軍向寵等等；回顧自己本來是在南陽郡耕讀的平民，因先帝劉備的提拔，才有機會效命；最後表明北伐的決心。

《前出師表》有不少膾炙人口的名句，例如：「苟全性命於亂世，不求聞達于諸侯」、「親賢臣，遠小人，此先漢所以興隆也；親小人，遠賢臣，此後漢所以傾頹也」、「鞠躬盡力，死而後已」……。

這篇奏章流傳千年，感人肺腑，令人敬佩孔明忠誠之心。

親賢臣，遠小人，此先漢所以興隆也；親小人，遠賢臣，此後漢所以傾頹也。

光這二十八個字就能流傳千年，是國文課本必選的優美文章。

我因《出師表》而留名，也沾了點光。

19 強人孫權命終

三分天下，最後一個稱帝的是東吳孫權。

孫權總是謹慎地衡量局勢變化，評估最有利的時機才付諸行動。他沒多大本事，卻善於任用有本事的人，他用周瑜打贏了赤壁之戰，用呂蒙奪得荊州，用陸遜打贏彝陵之戰。
一步一腳印的讓自己從意外得到政權的小白兔，變成善於謀算的雄獅大帝。諸葛亮死後，孫權繼續稱霸十七年，成為三國時代最長壽的君主。

孫權七十歲那年，八月初一，氣象異常，大風暴雨，江海湧濤，平地淹水深達八尺。

孫權親手栽種的松柏，皆連根拔起，被風吹到建業城南門外，倒插在路上。

這事似乎預言自己親手創下的基業，將會被人連根拔起。
孫權因此受驚成病，就此一病不起。

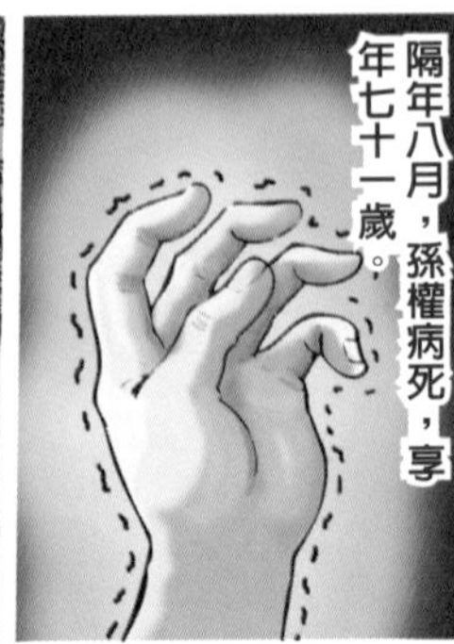

隔年八月，孫權病死，享年七十一歲。

孫權死了也象徵著三國英雄的時代已落幕。

粉墨登場　東吳大帝孫權

孫堅的次子，孫策的弟弟，生得方臉大嘴，綠眼紫鬍鬚。傳說吳太夫人生孫權時，夢見太陽進入大腹便便的肚子，一會兒，孫權出生了。所以父親認爲他將來一定尊貴不凡，光宗耀祖。十九歲那年，孫策身亡，他接掌江東政權。西元二二二年，孫權建立吳國，自稱吳王，七年後稱帝，史稱東吳，與蜀漢、曹魏形成三國鼎立局面。

我從怯生生的少年郎，爬升到帝王之位，靠的是謙卑再謙卑！

語文學堂

- 衡量：考慮；斟酌。
- 濤：音ㄊㄠˊ，大波浪。
- 基業：當作根基的事業，泛指國家政權。

三國故事開麥拉

曹魏的第二世皇帝魏明帝曹叡重用司馬懿、曹眞等人，對付孔明的北伐軍，自己則命人大興土木，建蓋豪華宮殿。後來，他夢見死去的毛皇后化成陰魂來索命，嚇得一病不起，將太子曹芳交給司馬懿和曹眞的兒子曹爽。

魏嘉平三年八月初五（二五一年）司馬懿病死了，魏少帝曹芳雖然受控在司馬懿、司馬師父子手上，一直是傀儡皇帝，但是依然下令厚葬司馬懿。

這時候，孫權已經是七十歲的老人了，他從十九歲起掌管軍事，統治江東地區長達五十一年，眼見敵手、愛將一個個死了，也多有感慨。隔年八月初一，他親手栽植的松柏全被風連根拔起，驚覺是不祥預兆，嚇出重病也死了。

三子孫亮即位，追贈孫權爲大帝。

穿越時空

死諸葛能走生仲達

有句諺語「死諸葛能走生仲達」，指的是諸葛亮以屍體嚇退司馬懿的故事。

孔明逝世當夜，司馬懿觀天象，見到一顆大星星連續三次自東北方墜落蜀漢軍營。「孔明死了！孔明死了！」司馬懿驚喜若狂。

一陣驚呼後，他暗中派夏侯霸去五丈原打探消息，發現沒有半個蜀兵，才相信諸葛亮眞的死了。司馬懿率領十萬雄兵急追，追到山腳下，突然從山後傳來巨烈炮響，見到蜀軍的大旗迎風飄揚，旗幟上寫著「漢丞相武鄉侯諸葛亮」，又見到諸葛亮坐在推車上。

司馬懿嚇死了，連逃五十里才敢停下來喘口氣，問屬下：「我的頭還在嗎？」這句話將他怕死諸葛亮的窘態毫不遮掩地流露出來。

老天，孔明沒有死！
魏
哈哈哈，仲達好膽小！
快溜！

三國笑史

20 三國歸一統

司馬懿死後，他的兩個兒子司馬師和司馬昭，繼承其影響力，成為曹魏的權臣。
司馬昭
司馬師

司馬師病死後，司馬昭繼位為大將軍，後加爵為晉王，如當年的曹操般專權，藐視皇帝的存在，總領魏國朝政，「司馬昭之心，路人皆知。」他正一步步走向代魏稱帝之路。

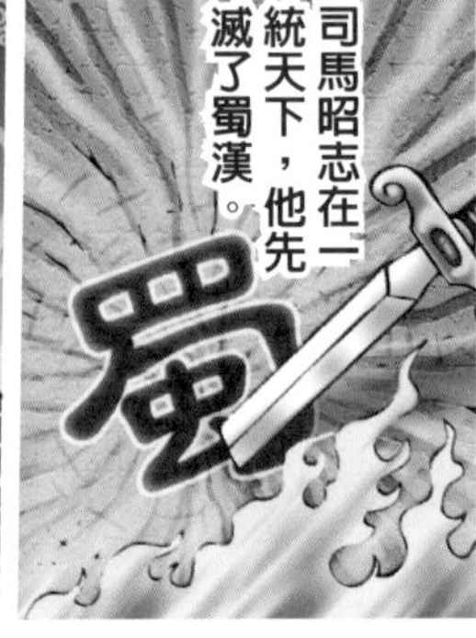

司馬昭志在一統天下，他先滅了蜀漢。
蜀

可惜，還來不及滅東吳就病死了。

司馬昭的兒子司馬炎繼位為晉王，決意完成先祖司馬懿與父親司馬昭的志願。
司馬炎
他逼迫魏元帝曹奐禪讓皇位，魏國亡，司馬炎登基稱帝，成為晉朝的開國皇帝晉武帝。

曹操當年所作「三馬共吃一槽」的噩夢，果然成真。

經過十五年的努力，晉武帝司馬炎命大將王濬領大軍，終於滅了東吳。
吳

晉
三國鼎立的時代就此結束，天下歸於大一統。

粉墨登場　晉武帝司馬炎

西晉王朝開國皇帝。司馬昭死後，身爲長子的他繼承晉王之位，然而這個位子並無法滿足司馬炎的野心，他逼迫魏元帝禪位，名正言順地當上皇帝。經過十五年又南滅東吳，一統天下。司馬炎在位時爲了鞏固政權，分封五十七個王侯，授予兵權和封地，導致「八王之亂」。

語文學堂

- 權臣：有權勢而專橫的大臣。
- 司馬昭之心，路人皆知：三國時期曹魏第四位皇帝曹髦（ㄇㄠˊ）看不慣司馬昭把持國政，蓄意篡權。有一天曹髦氣憤地對大臣說：「司馬昭之心，路人所知也。」這句話形容人野心大，毫不掩飾，人人都知道。

三國故事開麥拉

司馬炎當上晉王後，廢掉魏元帝曹奐，改國號爲晉。江東則改由殘暴的孫皓掌權，他寵愛宦官岑昏，二人把國家搞得烏煙瘴氣。

司馬炎派都督羊祜（ㄏㄨˋ）駐兵在襄陽，等待伐吳的機會。十多年後，年老的羊祜見孫皓殘殺無辜，大失民心，便主張即刻攻吳，並推荐杜預代替自己。

吳王孫皓死到臨頭還在做一統天下的美夢，他聽信岑昏建議，打造好幾百條大鐵鏈，攔阻在長江險要的河道，晉船一撞上必沉沒江底。晉軍則以牙還牙，建造大筏，上面束稻草人，點燃火把，將大鐵鏈燒斷。

咸寧六年（西元二八〇年）晉軍攻進城門，孫皓擡著棺材投降。東吳正式滅亡，天下歸晉。

司馬炎，我們終於等到你了，快來這裡啊！
司馬炎～～～
招魂
孫皓

這個場面很像那個……，令人發毛！

穿越時空

曹操的噩夢，三馬共吃一槽

三國時期，曹操重用司馬懿，但是他心裡有個疙瘩，覺得司馬懿具威脅性。

爲什麼呢？因爲司馬懿有「狼顧相」，也就是走路時向後望，能頭動身不動，像貪婪的狼。古人相信有這種面相的人，城府深沉，野心大。

有一天，曹操夢見三匹馬共吃馬槽的草，醒來後覺得是個噩兆。因爲「司馬」裡有個「馬」字；「槽」與「曹」同音，寓意司馬家族三代將把持曹魏政權。曹操感到很不安，想除掉司馬懿，以絕後患。曹丕卻不以爲然，反而很袒護他。

等曹操、曹丕死後，「三馬共吃一槽」的噩夢眞的應驗了！即任的曹魏皇帝一個個成了傀儡，鬥不過司馬懿、司馬昭、司馬炎祖父孫三代，到了曹奐終於被篡位，曹魏滅亡。

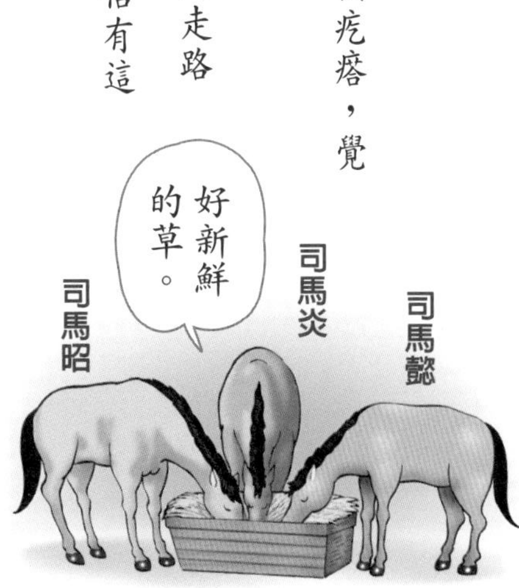

高EQ讀三國

以下漫畫是假想魏延應徵工作，面試的主考官是孔明。他見魏延後腦勺長了突骨，屬天生反骨相，不想重用他。本來對白框的文字爲：「你天生有反骨相，不能錄用。」以貌取人，是不對的，如果你是孔明會怎麼說呢?請將你的想法塡入漫畫對白框，左列文案僅供參考，不是答案唷！

1. 身穿奇裝異服來面試，太不得體了
2. 你怎麼和履歷表的照片不同人
3. 你會講幾種語言

（相關劇情見P18、P20，這道題目沒有標準答案）

在我們的印象裡，爲人撮合婚事的叫「媒人」、「月下老人」。因爲在戲劇裡這個角色常由上了年紀的女子扮演，所以也叫「媒人婆」，並非媒人都是女性。你知道嗎？古代媒人也叫「冰人」，這則有趣的故事遠溯自晉朝，請閱讀內文P33後，判斷以下哪則敘述與典故沒有關係？

1. 晉朝有位文官叫令狐策，夢見自己站在結冰的河上，與冰下的陌生人對談
2. 冰人，指外表冷冰冰的人，但是內心很熱情
3. 晉朝的索紞是解夢高手

（相關故事見P33「冰人，是什麼人？」 答案：2）

孫權的母親吳國太在甘露寺會見劉備，本來是很驚險的事，因爲劉備假使不得歡心，人頭就會落地。內文P36頁以幽默的插畫處理，讓步步驚心的劇情變得輕鬆起來。請你參考以下插圖，幫吳國太想一想，還可以出哪些考題，一旦劉備過關了，才有資格成爲東床快婿。

1. 第四關：幫吳國太畫一張青春美麗的肖相
2. 第五關：請回答《三國笑史》第八冊的書名
3. 第六關：請說出與「劉備娶親」相關的三則歇後語

（相關劇情見P36、P37，上述答案僅供引導參考）

劉備過江娶親時，孔明交給趙子龍三個錦囊，第一個錦囊是交代他大肆宣傳孫、劉二家要成親，在街道上高調地採購結婚用品，讓當地百姓都知道這樁婚事。孔明這麼做的用意，是要把婚事弄假成眞，到時候孫權想反悔都不行。其他二個錦囊也相當高明，以下答案哪一個不屬於錦囊的內容？

1. 交代趙子龍施美人計，拐走新娘孫尚香
2. 劉備會沉溺在新婚喜悅中，不想回荊州，孔明在第二個錦囊交代，說曹操率領五十萬大軍攻殺荊州，逼劉備速回
3. 最後一招是苦肉計，交代劉備向孫尚香動之以情，讓她主動協助逃走

（相關劇情見P30、P48、P53　答案：1）

「假途滅虢」是春秋時代的故事，周瑜曾仿效這招想殺害劉備，卻被孔明識破而氣到吐血。請閱讀P61後，回答左列問題，評量自己的閱讀素養能力。

1. 這則故事牽涉到哪三個國家
2. 故事裡，虞國大夫宮之奇極力反對，他的理由是什麼
3. 說說看，你覺得虞國會亡國的主要原因

（相關故事見P61）

【參考答案】

1. 大國晉國和領土較小的虞國、虢國
2. 宮之奇是很有遠見的大夫，晉國去虢國勢必經過虞國，從這一點可判斷虞國和虢國需互相協助，任一國滅亡了，另一國也很危險。所以宮之奇表示：虞國和虢國的關係，猶如脣和齒，脣亡齒寒，不能大意。他極力勸阻虞國君王拒絕晉國的要求。
3. 所謂「人爲財死，鳥爲食亡」，虞國君王沒有遠見，貪眼前的財物，無法拒絕財寶的誘惑，以致一手摧毀了國家。

6★

陸遜，本來是東吳的武將，卻不起眼，因爲把握機會替大將呂蒙解決難題，而聞名千年。當年他耍詐，故意寫一封示弱的信，顯得自己很沒有用，讓關羽不會提防他，把主要兵力用在對付曹操軍。假使當年是由你來寫信，你覺得要怎麼寫才能降低關羽的戒心呢？

（相關劇情見P66、P68、P69，這道題目請自行發揮創意）

張飛，在小說裡是個有情有義的莽漢，關於他的趣味歇後語也不少，例如：「張飛賣肉——沒人敢殺價」，因爲張飛早年是肉攤店的小販，脾氣大，上門買肉的當然沒有人敢嫌貴，誰敢殺價，不是討打嗎？還有，「張飛結拜——當不了老大」，這是講桃園三結義，依年紀大小張飛排行老三，所以戲稱當不了老大。你判斷看看，左列有關張飛的歇後語的描述，哪則有誤？

1. 張飛睡覺——睜眼嚇人。（據說張飛睡覺不閉眼，一雙大眼瞪得像銅鈴，多嚇人就有多嚇人）

2. 張飛喝醉——屬下叫苦連天。（因爲張飛一喝了酒就愛罵人打人，曾經醉打督郵；狂打呂布的老丈人曹豹；關羽死後，他心情大壞，天天買醉，有二個屬下因小事沒辦好，他抓來毒打，以致慘遭殺身之禍）

3. 張飛穿針線——大材小用（譏笑張飛不擅長針線活，只會賣弄力氣打仗）

（相關歇後語見P81　答案：3）

以下的插圖是想像曹操做的噩夢「三馬共吃一槽」，生性多疑的他自從做了這個夢後，對司馬懿很提防，想殺了他永絕後患，卻遭兒子曹丕反對。爲什麼曹操從這個夢境裡，判斷司馬家族的人會篡位？

1. 因爲司馬懿愛養馬，天天餵馬吃鮮草
2. 據說司馬懿家族的人生肖都屬「馬」
3. 因爲司馬懿裡有個「馬」字，三馬，寓意司馬懿和兒子司馬昭、孫子司馬炎；「槽」，與曹操的「曹」同音

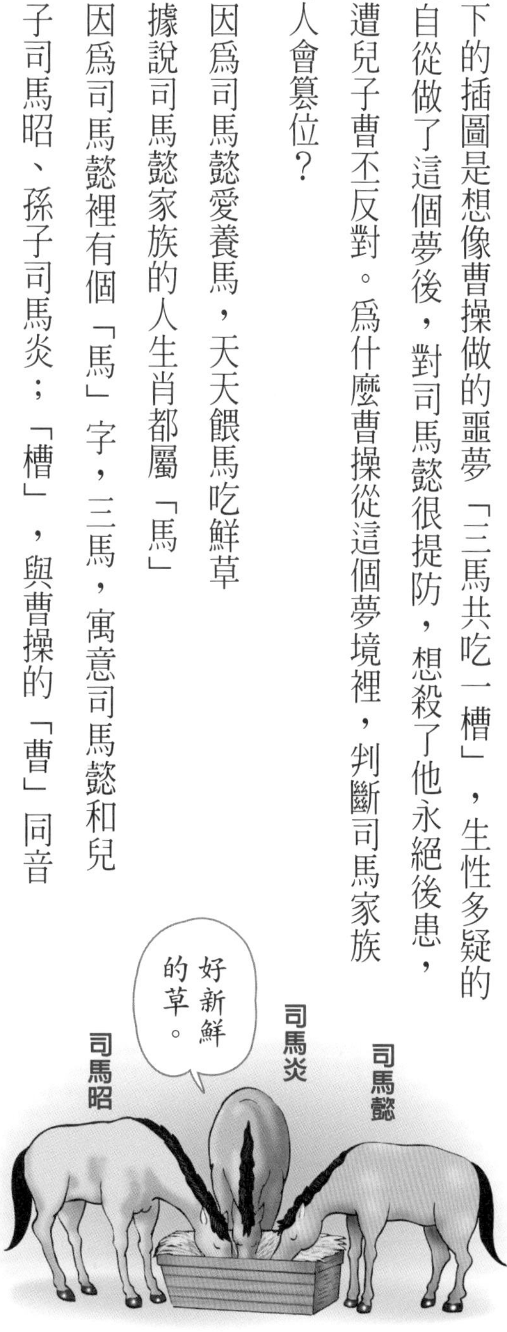

（相關故事見第P94、P97　答案：3）

孫劉結親賀歲版

《三國笑史》陪你晨讀10分鐘

漫畫家林明鋒老師趣畫三國、趣寫三國、趣講三國！

爆笑漫畫＋經典文學＋勁爆文明＋KUSO插圖＋搞笑對白

陪你穿越千年參與桃園三結義、討伐奸臣董卓、看戰神呂布轅門射戟有多神、欣賞關羽過五關斬六將的神勇戰績，以及見識古代女子時尚風、男子變裝秀、看貂蟬PK西施誰大勝、票選古代花美男和戰神、一睹古人吃河豚竟然服糞清解毒、梟雄曹操也擔綱演出愛情偶像劇、古人吃火鍋偏愛哪種口味、皇帝怎麼過除夕等等，保證過癮！

學習主旨

從「笑史」看「三國」，學習詞彙，了解典故，厚實閱讀能力。

三國笑史 1　賣鞋郎劉備出運了
三國笑史 2　關東主袁紹大進擊
三國笑史 3　戰神呂布大暴走
三國笑史 4　英雄關羽熱血戰紀
三國笑史 5　神算孔明揚名天下
三國笑史 6　瀟灑哥周瑜風雲鬥
三國笑史 7　梟雄曹操大爭霸
三國笑史 8　強人孫權爭天下

國家圖書館出版品預行編目（CIP）資料

三國笑史 8,強人孫權爭天下！ / 林明鋒編繪.

－－初版. －－臺北市：五南，105.04

面；公分 －－（悅讀中文；81）

ISBN 978-957-11-8552-1（平裝）

1.三國演義　2.漫畫

857.4523　　105003528

三國笑史⑧ 強人孫權爭天下！

編繪　林明鋒（117.5）
總經理　楊士清
副總編輯　黃文瓊
封面設計　陳翰陞
出版者　五南圖書出版股份有限公司
發行人　楊榮川
地　址：台北市大安區 106 和平東路二段三三九號四樓
電　話：（〇二）二七〇五—五〇六六
傳　真：（〇二）二七〇六—六一〇〇
劃撥帳號：〇一〇六八九五三
網　址：http://www.wunan.com.tw
電子郵件：wunan@wunan.com.tw
法律顧問　林勝安律師事務所　林勝安律師
出版日期　一〇五年四月初版一刷
一〇七年十月初版二刷
定　價　二八〇元